你不曾真的
离　去

一个用生命感动我们的绝症男孩

[美]黛比·蒂布尔斯Debi Tibbles＿著

黄华丹＿译

Ollie Tibbles：
The Boy
Who Became a Train

江苏人民出版社　凤凰含章

图书在版编目（CIP）数据

你不曾真的离去 / (美) 蒂布尔斯著；黄华丹译
. — 南京：江苏人民出版社，2015.5
书名原文: Ollie Tibbles: the boy who became a
train
ISBN 978-7-214-13626-8

Ⅰ.①你… Ⅱ.①蒂… ②黄… Ⅲ.①随笔 – 作品集
– 美国 – 现代 Ⅳ.①I712.65

中国版本图书馆CIP数据核字（2015）第045245号

OLLIE TIBBLES: THE BOY WHO BECAME A TRAIN BY DEBI TIBBLES
Copyright © 2012 BY Debi Tibbles
This edition arranged with MEDALLION PRESS
through BIG APPLE AGENCY, INC., LABUAN, MALAYSIA.
Simplified Chinese edition copyright:
2015 Beijing Hanbook Publishing LLC
All rights reserved.
江苏省版权局著作权合同登记号 图字：10-2014-531

书　　　名	你不曾真的离去	
著　　　者	(美) 黛比·蒂布尔斯	
译　　　者	黄华丹	
责 任 编 辑	刘　焱	
装 帧 设 计	三形三色 QQ: 2278149087	
出 版 发 行	凤凰出版传媒股份有限公司 江苏人民出版社	
出版社地址	南京市湖南路1号A楼，邮编：210009	
出版社网址	http://www.jspph.com http://jspph.taobao.com	
经　　　销	凤凰出版传媒股份有限公司	
印　　　刷	北京旭丰源印刷技术有限公司	
开　　　本	880mm×1230mm　1/32	
印　　　张	8	
字　　　数	154千字	
版　　　次	2015年5月第1版　2015年5月第1次印刷	
标 准 书 号	ISBN 978-7-214-13626-8	
定　　　价	32.00元	

（江苏人民出版社图书凡印装错误可向承印厂调换）

送给奥利

永远爱你

妈妈

特别感谢芝加哥通勤铁路公司
和愿望成真基金会

你不曾真的离去
Ollie Tibbles
The Boy Who Became a Train

目 录

前　言

夏日的夜幕开始降临时，我们正坐在密歇根上半岛那个小家的露台上聊天。话题一直围绕着人生的经验教训，它们是如何产生的，又为何会出现。当然，我们还谈到了生活中其他无法解释的事件，有些甚至毫无踪迹可循。我正在观察即将落山的夕阳，落日的余晖晕染着天边最后几片云，这样的色调只有宇宙的建筑师才能调配出来。这时，黛比坐下来说："尽管世界上有那么多无法承受的痛苦，生活仍有非凡的价值。"

她知道。

我回想起三年前与黛比的第一次人生交轨。我当时在芝加哥林肯公园动物园参加一场募捐，下了一整天的雨后，夜晚的天气格外宜人。我穿过安静的拍卖席向主餐厅走去，这时，一个站在吧台区的女人引起了我的注意。她简直就是女版的摇滚巨星比利·艾多尔——特意耙松的白发，结实的双臂上饰满文身，一身黑色装扮。

两周后我走进自己位于芝加哥的办公室，而休息室里坐着募捐会上的

"比利·艾多尔"！

我说："我认识你！"

她回道："天啊，真的吗？"

从那以后，我和黛比就成了朋友。

《你不曾真的离去》不仅是一本书，还是一个正在创造的奇迹。这个故事将挑战你关于什么是可能的所有信仰，那些无法承受的疼痛如何被转化成惊人的力量，而活出你的真我又需要付出怎样的代价。黛比失去了儿子，由此她也发现了自己的价值，然而，这是任何父母都不想经历的一段旅程——绝对不想！

我亲眼见证了黛比·蒂布尔斯的这段经历，看着她做出出人意料的决定，在很多人选择逃避闪躲时她选择勇敢面对，在很多人选择放弃时她选择继续前进。勇气有许多种定义，但对我而言，勇气便是倾听内心的声音，在所有人都阻止你时仍勇往直前，突破自己搭建的围墙，唯有如此，你才能在某天找到真正的自我。

当我不堪生活的重负，无法承受因失去而产生的痛苦时，只要想想黛比是如何坚持走过那些最黑暗的日子的，我的负担便轻了许多。如果需要更多的动力，我会给她打电话，只要听到那句熟悉的"嗨，老朋友，你好吗？"

我就能回到生活的正轨。

希望在读了这本书后，某天你们也能有机会见到这个很特别的人，她对儿子的思念胜过生命本身，一直都在努力实践对儿子奥利的承诺。当你开始这段旅程时，你将和黛比共享这个承诺。相信这会是一段难忘的旅程。

①

约翰·圣·奥古斯汀

于密歇根州，拉皮德里弗

2010 年 8 月

---

① 约翰·圣·奥古斯汀被资深播音员查尔斯·奥斯古德称为"美国之声"，畅销书作者谢丽尔·理查森（按：著有《生命的重建》）则将他称为"最具影响力的电台声音"。他是在全美播放的电台脱口秀节目《力量！谈话》的主创者和主持人，也是 XM 卫星广播台的《奥普拉和朋友们》中《奥兹医生秀》的监制。同时，他还是畅销书《活出非凡人生》和《珍惜人生每一刻》的作者。

简　介

　　我叫黛比·蒂布尔斯，英国人。我喜欢酵母酱、炸鱼和薯条——老派的英式食物，也喜欢报纸和所有含麦芽醋的食品，还要一个又肥又壮的傻瓜，谢谢！我经常说"天啊"，也很有幽默感。现在，我和你们，尤其是和美国人分享这一切，以便你们在阅读时能对我身上所有英式习惯的猛攻做好准备。

　　同时，我也是位光荣的母亲，杰西、乔治和奥利是我最伟大的成就。

　　虽然那些已读过这本书的朋友都给了慷慨的回应，我却从不认为自己是个作家，也从未想过自己真的能写一本书，但我相信每个人心中都藏着一个故事。有些人能看到它们变成文字，另一些人则只能在梦中与它们相见。我所写的这个故事不是小说，它曾真实地发生在我的生活中。我知道自己不会获得任何文学奖，但我坚信你们将看到的这个故事已是对我最好的奖励，也是我最值得与你们分享的经历。透过一个孩子——这个孩子，是我的孩子——的目光，你们将体会到心痛、快乐与鼓舞——还有机会遇见白色小丑。

　　我可以告诉你，这是一个母亲的故事，我自己的故事。它确实是，但又不仅如此，它也是所有人的故事。它是深植在我们心中，却被遗忘，甚至被忽略的故事。对我来说，它不仅包含了所有这些故事，还有更多的意义。当然，分享它也不是我的主意，而是我的儿子奥利，他坚持应该分享这一切——他一直是个固执的小家伙。他咧着嘴大笑的样子那么可爱，我怎能拒绝呢？

欢迎你, 儿子

耳机中传来老鹰乐队《破晓时刻》柔和的音调，我征服了又一座痛苦的高山，分娩已经到了最后时刻。

在第无数次想象自己腹中的孩子时，我竟出奇的平静：是男孩还是女孩？我对此毫无头绪，也没有像许多妈妈那样在孕期就想知道孩子的性别。我享受这种未知，享受猜测的过程，享受在浴缸中和我尚未出生的孩子对话。"嘿，是你吗，小伙子——还是小姑娘？"小小的拳头循着我的声音努力伸展，我沉醉在那微妙的触感中。

我猜中了我们第一个孩子杰西的性别，后来又猜到了第二个孩子乔治的性别。杰西在腹中扭动时像个淑女，伸展四肢时就像个优雅的芭蕾舞演员。她诞生时的哭声可怜极了。乔治偶尔会在子宫里踢球，有时甚至玩闹着打拳击。他出生时哭得惊天动地，谁能想到才那么大的两片肺叶竟能爆发出如此巨大的声音？

我站在崖边，摇摇欲坠，知道攀缘已经结束。当身体疲惫得只想休息时，我能感觉到用力推挤的迫切性。是时候了，真不敢相信我已经到那了。只用了两个小时，我就征服了这些大山。随着一阵撕心裂肺的喊声，我再次用力，新生的孩子便安然迎向光明，投入了助产士等待着的臂弯中。

我迫不及待地伸手接过孩子，将他紧紧搂在胸前，这个长着一头黑色乱发的小家伙，我一刻也不愿将眼神从他身上移开。这个温暖、湿润的宝贝在我胸前扭动着，我认真地观察着他那完美的小手指、小脚趾，还有那可爱的小屁股和小巧笔挺的鼻子。他想睁开眼睛，但并不哭叫，只是低声呜咽着，拧紧了他那皱巴巴的漂亮脸蛋。他似乎很不乐意离开我腹中那个温暖舒适的地方。

我微笑着，一股巨大的爱意涌上心头，我饱含深情地在心中对他说："哦，珍贵的孩子，我的儿子，这就是你啦。哦，我是多么爱你。欢迎你来到这个奇妙的世界，未来正等着你去发掘呢。"我凝望着他，立即想到了给他的名字。"欢迎你，奥利，"我喃喃道，"欢迎你，我的奥利，愿你的所有梦想都能成真……"

第一章　聆听内心的声音

　　我拿起听筒，很快便听出了对方的声音，是柳溪小学的秘书米西小姐，我们的孩子都在那里上学。是谁惹了麻烦？十岁的杰西，七岁的乔治，还是五岁的奥利？是奥利，他一直在喊着头疼要回家。

　　我挂断电话，低声咒骂了一句，因为不得不取消理发店的预约。

　　但在学校办公室旁的医务室中，我的担心很快就转移了。奥利躺在床上，双手抱住脑袋，脸因疼痛而有些扭曲。当他抬起头时，泪水顺着脸颊慢慢滑落下来。"妈妈，我的头。我的头，妈妈。"他向我伸出双手。

　　看着他所受的痛苦，我连忙搂过他，抱他走出教学楼，在他耳边轻声道："没事了，宝贝。没事了，妈妈就在这里，嘘——"

　　但这些安慰的话没起一点作用。他开始大哭，显然是疼痛太过剧烈。

这不是奥利第一次头疼，事实上，他的头痛发作很有规律。我以为他和我小时候一样，得的是偏头痛。

他紧紧地抱着我，双手仍抓住脑袋。"妈妈，我头疼，快让它不疼。"

虽然感到不妙，但在将他放进车里时我仍试图安抚他。每次驶过路面隆起的地方，想到他的痛苦，我的心便揪了起来。

回家的路并不长，但时间却似乎漫长得让人难以忍受，他一直在哭。

驶进车库后，奥利毫无预兆地开始呕吐。我被这迅猛之势吓了一跳。他看起来吓坏了，双眼暴突，想讲话却根本没有办法讲出话来。他小小的身躯不可控制地颤抖着，呕吐物无情地从张大的口中喷涌而出。

卫生间就在旁边，他为什么不等等？通常孩子们不舒服时会先告诉我，再忍着跑去卫生间。奥利弯着身子，一手撑在门上，一手捂着肚子，此时我才明白他想说什么：他很抱歉弄脏了厨房的地板。

我猛吸一口气，忍住哭泣的冲动。"宝贝，别傻了。我一点都不担心地板。"趁呕吐再次爆发前，我连忙擦干净他的鼻子和嘴巴。

似乎过了一个世纪，呕吐终于停了。我瞄了眼时钟，这次发作持续了差不多十五分钟。

然而，很快，剧烈的头痛又来了。他又开始大声哭叫。

我喂他吃了泰勒诺（按：一种镇痛药），一直陪着他，直到他沉沉睡去，这一睡便是好几个小时。

奥利睡得太久了，这本该引起我的警惕，这不是一个正常、健康而活泼的五岁孩子的行为。孩子们只要能动，就绝不会安分地待着——奥利也不例外。三个孩子中年纪最小的这个，早早就学会了走路，很快又开始蹦着、跳着、跑着，开始以他那可爱的方式惹各种麻烦。

我永远不会忘记他站在厨房柜台上一个倒转的塑料玩具箱上的样子，那上面还放了一把椅子，作为他通向天堂的阶梯：甜品柜就是他的天堂。他正埋首于在一袋可可软糖中，然后以一副"看我多厉害"的神情自豪地咧嘴笑着看着我。

"你这小顽猴。"我用奥利的昵称叫他，张开怀抱将他抱了下来。

我们的孩子每人都有一个符合他们性格特征的爱称。杰西是疯丫头，乔治是小怪物，而奥利从能爬动开始就一直大搞破坏，他是我们的小顽猴。

我们的小顽猴现在却生病了。几个星期后，奥利的呕吐再次发作，接着又是一次，我开始害怕。一定出了严重的问题，我能感觉到。母亲的天性在警告我，这种感觉挥之不去。

我给正在伦敦出差的彼得打了电话，告诉他我对儿子的担忧，但没有告诉他我的真实想法，怕他担心。

我不敢想这一切意味着什么，只能将它深埋心底，转而自我安慰：他会没事的，你会看到的。这只是严重的偏头痛。一定还有些别的原因，毕竟，我们不会遇到那么可怕的事。

哦，无知多么幸福。

我错得不能再错了。几个星期内，奥利不断发病，已无法再去学校，我终于听从内心的声音，带他去见我们的家庭医生。

坐在医生的候诊室里，我看着奥利在椅子上推进推出地玩"火车头托马斯"系列的火车。

从他的小手能抓住玩具和书本开始，奥利就对火车充满了热情。

住在伦敦时，我们出行既乘坐地铁也乘坐主干线列车。他对各种火车头了如指掌，懂得什么是道岔和防撞棚，什么是转车台，不同的火车维修厂有什么区别，分别是如何操作的。所有这些知识都是他从《托马斯和朋友们》的故事中看来的，他还集齐了所有相关的产品，包括碟片、涂色簿、床上用品，甚至还有衣服。

我们搬到芝加哥后，奥利对火车的兴趣仍在不断增加。在他五岁左右时，我们带他去唐纳斯格罗夫当地的车站，那是他第一次看到芝加哥通勤客运列车，完全惊呆了。

"它是双层的，妈妈，就像我们在英国的红色公交车！"

某种意义上他是对的。当时我根本不知道这列独特的火车对我们会有多大的意义。

"嘟嘟，嘟嘟！"奥利在候诊室里欢快地叫着。距上次发作才一个多星期，他已经恢复了。

一切都已回归正常，那我还在这里做什么？这纯粹是浪费时间，我应该马上离开才对，但内心深处的不安却挥之不去。

奥利对此毫无知觉，仍快乐地玩闹着，在地板上爬来爬去，大声学着火车的轰鸣声，候诊室里的其他病人不胜其扰。一位面容严肃的女士礼貌地要求我管住儿子，我道了歉。这是我最后一次为儿子向别人道歉。

我们的家庭医生是位友善、令人愉快的先生，和他相处非常自然。当他用手指戳着奥利的肚子检查时，奥利咯咯地笑了起来。

他问了许多问题。"他一个月内会头痛几次？"

"三到四次。"

"他头痛时总是会呕吐吗？"

"一开始不会，现在会。"

"他的视力有问题吗？"

"我从没想过这个问题，但是的确有问题。"有时奥利会复视，用他自己的话说，就是"看到的所有东西都有两个"。当他用手遮住一只眼睛时，情况就会改善。

"这种情况经常出现吗？"

"没有，只是偶尔出现。"

"他经常吃巧克力吗？"

"什么？当然！他是个孩子。"

"头痛是在吃完巧克力后发生的吗？"

"唔，有时候是。"

"吃完芝士后也会吗？"

恰好奥利两样都很爱吃。

"您认为我们该做个核磁共振成像吗？"我迟疑地问，"你看，以防万一？"我甚至不知道自己为什么会这么问，问题似乎是突然闯入脑中的。

他向我保证没必要担心，奥利头痛很可能是因为食物过敏。显然，这很常见。他建议为奥利选择没有添加剂的自然食品，我表示会试试。

我释然了，他的话让我安心。如果有什么严重的病症，医生当然会注意到迹象，不是吗？我再次试图抛开这些忧虑。

回到家我就给彼得打电话，转达医生的话。他好像过得很惨，一个人在外很孤单。虽然他受雇于芝加哥，却被派去伦敦的分公司工作一段时间，虽然他很喜欢和老同事一起工作，也可以定期拜访朋友和家人，但还是想念我们，尤其是想念孩子们。他每个月回家一次。这段时间对他来说是个挑战，而他正在努力适应。

有时我的生活也很艰难。单独照看孩子常常会出现混乱局面，我必须跟学校打交道，辅导孩子做家庭作业，处理各种事务，还要照顾他们，几乎没有时间休息。这让我对单身妈妈又多了几分敬佩。我经常感到疲惫，又被内疚折磨，因为彼得不在时，我对自由的思念多过对他的想念。我想念成年人之间的对话，不必谈海绵宝宝的滑稽搞笑，也没有天线宝宝午饭吃什么这样的内容。

去教健身成了我的救赎，让我在极少的几天中有机会走出家门。自由！这就是我当时的感受。

我没有体会到彼得的感受。他很孤单，但自私的我没有领会到这一点，我只能想到自己的感受。在我们的对话中，无疑我更多关注的是自己需要应付什么问题，老套的自怜综合征。直到他提到他是多么想念孩子们，我这才拨散了自私的迷雾，认真地听他说。

他和我一样担心奥利，但也像我一样，听过医生的话后便放心了。我们就奥利的健康问题聊了一会儿，他也同意先试试改变饮食。毕竟，现在他已经好了，或许真的只是过敏问题，不必担心。

当话题转移到计划中的家庭旅行时，我已经完全把对奥利身体的担忧抛到了脑后。三月份，我们可以在彼得位于伦敦市中心的华丽公寓中待三个星期。

孩子们和我一直在数日子。再次见到彼得一定会非常愉快。他是我最好的朋友，我可以对他讲任何事，他懂我，总是能逗得我大笑。

而且，我也希望这次旅行能重燃我们的激情。我希望别离真的能

让感情升温，让我们重新发现彼此。

挂掉电话时，我的心中充满了希望。

一阵尖叫声伴着汩汩的水流声惊醒了我。

吓坏了的乔治用他最大的声音喊着："妈妈，快来！"过了一会，又继续喊："妈妈！妈妈！"

我迅速翻身下床，心脏怦怦跳着，冲向大厅另一侧男孩们的房间。杰西从房中走出来，一脸的睡眼蒙眬，但很快她就清醒了，因为奥利又发出一声可怖的尖叫。

乔治站在奥利床尾，呆呆地看着他喷涌而出的呕吐物落到地面，又溅到房间另一边乔治的床上。我永远不会忘记他脸上的表情：纯粹的恐惧。

我努力保持冷静。

"没事的，乔治。奥利只是胃不舒服。他会没事的。去给我拿个水桶和一块毛巾好吗？还有，亲爱的，谢谢你叫我。"

奥利半个身子露在床外，我蹲到他床边。

他的枕头、床单和睡衣上都是呕吐物。他撑着自己的脑袋，不停地冒汗。

我试图帮他清理干净，一边用毛巾擦起一团呕吐物，扔进乔治拿来的水桶中，一边轻声对他说："没事了，宝贝。没事了。嘘——妈妈就在这里。"

呕吐暂时停了，奥利以一种我前所未闻的声音哭喊起来，那种哭喊可怕至极，像是原始的哀号。"我的头！哦，我的头！妈妈，帮帮我！哦——不——！"一阵可怕的尖叫，接着是更剧烈的呕吐。

我从未见过这样的场景。它比之前发生的一切都更严重，我拼命想保持镇静。一定出了很严重的问题。可怜的孩子，他那小小的身体就像鬼附身一般，一直剧烈抽搐着。

在我努力试图控制场面时，《驱魔人》中的画面荒唐地浮现在脑中。我得让其他孩子出去。我让乔治到我们的卧室去等，告诉他我很快就会过去，又叫杰西帮我拿来热水和毛巾，然后让她和弟弟一起等我。

呕吐还在继续。从这么小的身体中怎能涌出如此多的秽物？

奥利的脸色变了。

在高度紧张的时刻，我不能表现出害怕。要保护他不受伤害，我必须保持冷静。

呕吐平息下来后，奥利将脑袋枕在我的腿上，轻声抽泣着。他的脸上写满了痛苦，甚至无法开口讲话，他那小小的身体已筋疲力尽。

我抚摸着他的脸，帮他擦洗干净，这时，我第一次察觉到了异样。

他的左眼很奇怪，好像无法正视，就像是移动了位置。"亲爱的，宝贝，你的头还疼吗？"这个问题很蠢，但我还是问了。

他点点头，看起来很伤心、很疲惫、很害怕。不过幸好，很快他便睡着了。

一睡就是十个小时。

奥利的这次发病结束了，但这只是一系列创伤性事件的开始。一度潜伏在他身上的病症突然暴发了，我再次向医生求助，但他仍然认为没必要做核磁共振。他再次向我保证不必担心，而我竟然愚蠢地相信了他——因为我信任他。

当我指出奥利的左眼有轻微移位时，医生说儿童得弱视很普遍，等长大了就会好的。他建议我带奥利去看眼科医生。

但此时我的不安已挥之不去，我需要第二个人的建议。

我打电话给彼得，告诉他所发生的事情，以及医生的建议，告诉他我很担心奥利出了严重的问题。彼得离我们那么远，又没有亲眼看到当时的场景，我很难向他解释问题的严重性。上次他回家时，奥利头疼发作过，但没有其他症状：没有让他尖叫的疼痛，没有剧烈的呕吐，也没有不寻常的嗜睡。彼得并未了解到所有的信息，因此，他并不像我这样担心，而是倾向于接受医生的建议。

我总感觉这就像恶魔在嘲弄我们，用它的邪恶跟我们捉迷藏："没事的。你的宝贝没事。我只是在和你们闹着玩呢。哈哈！你们看不

第二章　通往未知的旅程

当我们出发去机场搭乘飞往英国的飞机时，孩子们在兴奋的期待中欢呼雀跃。我只是默默祈祷着奥利能安然无恙地度过高压舱里的八个小时。

谢天谢地，我的祈祷得到了回应。当我享受着机上电影、和同行的乘客闲谈时，孩子们津津有味地玩着他们的涂色簿，还有各种游戏和活动，玩得不亦乐乎。但愿这是个好的征兆。

彼得来到机场接我们，在前往公寓的路上，孩子们虽然疲惫却兴奋不已。和爸爸待在一起可把他们高兴坏了，我微笑地看着他们玩闹。

准备晚餐时，我和彼得共享了一杯葡萄酒，我满怀希望地发现，再次与他共处感觉好极了。他总是那么有趣，我被他和孩子们的搞怪逗得咯咯直笑。这真是一个美妙的团圆之夜。

但我还是无法忘却第二天与儿科医生的预约，真希望这种不祥的预感能赶紧消失。

我们早早起床，孩子们吃好早饭后，我们便搭乘码头区轻轨前往市区。奥利坚持要坐第一节车厢，这样他就能假装自己是操控整辆列车的司机。这并不出乎我们的意料，我们满足了他的要求。

我们准时到达了目的地。诊所位于哈利街一幢雄伟的维多利亚时代的四层大楼中，布置得亲切、诱人，到处都是玩具。巨大的壁炉旁站着一匹已经磨损的摇摆木马，长着漂亮的鬃毛。奥利看着它，眼神中充满向往。

同时，杰西和乔治坐到红色的沙发上，开始互扔靠垫。

"别闹了，孩子们。"我皱起眉头，厉声说。

彼得向接待员打了招呼："你好，我们预约了哈丁医生，奥利·蒂布尔斯，11:30。"

"他马上到。"接待员微笑着回答，眼睛却一直盯着奥利。

哈丁医生看到奥利的那一瞬，我就知道等待我们的将是坏消息。他的眼神告诉我，做好心理准备，这孩子有危险。

咨询非常顺利。这位和善的医生似乎有点石成金的本领，整个过程中奥利一直在笑。

"眼睛跟着火车看到尽可能远的地方，奥利。嘟嘟——"哈丁医生举起一根手指，从左边移到右边。

奥利咯咯笑着照做。

检查结束后，奥利回到了候诊室，我和彼得则等在医生的办公室里。我不断变换坐姿，紧张地看着彼得，他好像很平静。四周静得可怕，我试图平息自己那狂乱的心跳，以便能听清医生将要说的话。

"蒂布尔斯先生和太太，我跟你们坦白说吧：肯定有一些问题。我完全有理由这样担心，因为你们儿子的头骨周长不太正常，而且左眼转动相对较快。我还检查到了压力，眼睛后面的视神经有浮肿。这些症状加上奥利平时的表现，着实令人担忧。我马上给奥利在大奥蒙德街医院安排一次核磁共振检查大脑。完成后你们把结果带来，这样我们就能知道面对的是什么问题，到时再考虑应对之策。"

彼得伸手来握我的手。

我紧紧地抓住他的手。"哦天啊，哦不，上帝啊，求求你。"所有糟糕的想法都涌了上来。"不要发生这样的事。保佑他好好的。求求你，求求你了，上帝啊。"我在心底默默祈祷，强忍住了泪水。

集合齐了三个孩子后，我们跳进了一辆黑色的士。孩子们以为等待我们的只是一场冒险，在车上叽叽喳喳地吵闹着。我们总是在亲眼看到真相时才开始担心。

彼得和我决定最好还是由我陪奥利去做检查，他则带杰西和乔治去散一个长步。我走进核磁共振室，趁我填表格时，放射科医生解释了将要进行的检查：基本上就是大脑的细胞摄像。

"病人必须保持完全静止。如果他动了，整个流程就得重新来过。"

"什么？要多久？"

"大概一个小时。如果他动了，可能得更久。噢，还有，拍照过程会很吵。"

"哦，是吗？我还打算到时给他读个故事呢。"

医生不自然地笑了笑："好吧，你可以试试，但可能会有点困难。"

我们被带到一个大而空旷的房间，房中放着一台机器，看起来就像一条巨大的隧道，中间还装了长长的担架床。床上铺着浆硬的床单，两边都有悬垂的皮带，就像精神病院里的那种床铺。我看了一眼儿童车里蜷缩着的奥利，他那满是惊讶的大眼睛此时已从机器上转到了我身上。

但愿他没被吓到。隧道很大，我几乎能把奥利和他的童车一起放进去。

机器旁电脑控制的键盘上闪烁着"0"。在巨大的玻璃窗和宽大厚重的门后，操作人员神情严峻地盯着发光的屏幕。他们一动不动的样子仿若幽灵，就像几个穿着白大褂、彼此毫无区别的人体模型。

突然，他们中的一个复活了般，通过麦克风大声说道："蒂布尔斯太太，能听到我吗？"

我点点头，竖了竖大拇指。接着，我把奥利从童车里抱出来，放到床上，又帮他脱掉鞋子。他的两条小腿在床台边晃荡，台子那么高，必须有人帮他才能下来。靠枕太大，我只好又卷了几条毛巾放在边上

固定他的脑袋。

"妈妈，我为什么要做这个？"奥利第无数次问道，声音中透着紧张。

我又耐心地解释了一次："摇摆木马那里那个和蔼的医生想给你脑袋里面拍一张照片。亲爱的，他也很担心你那讨厌的头疼，他会帮我们把它赶走。但首先我们得拍照片，知道吗？"

"哦，那好吧。"他说，打了个哈欠，"你会给我读故事吗，妈妈？《三只小猪》？我喜欢那个故事。"进来时他看到了旁边桌上的那本书。

"当然。"我回答道，又提醒他躺下后要保持静止不动。

医生又抱了些毯子进来，把他紧紧地裹住。

"像地毯里的小虫子。"我微笑着说。

"我是个三明治！"

"是的，亲爱的。"我笑着回答道，"现在你要保持不动了。"当他微笑时，我在心里默默祈祷着他能做到。我拉了把椅子过来，打开书，准备给他读故事听。

然后，机器开始运作了。短促的几声"咔嗒"后，接着便是砰，砰，砰！咔嗒，咔嗒，咔嗒！砰，砰，砰！

"天啊！"我以唇语对自己说，"这实在太荒唐了。"这惊人的噪音简直让人不敢置信。

接着便是连续的砰——砰！

我看看书页，又看了看奥利，接着便以最大的声音开始朗读："从前！有三只小猪！"我忍不住笑了起来。那场景确实很可笑。"亲爱的，能听到我吗？"

奥利点点头。

"哦，好的！不要动，好孩子！"终于，我成功地读完了整个故事，我的宝贝儿子也做到了一动不动。他才五岁，竟然做到了纹丝不动。

随后，我们与彼得、杰西和乔治会合，带着核磁共振图像回到了哈丁医生的诊室。

候诊室里，奥利骑在木马上，他的哥哥姐姐则感到很无聊，喊着："我们能走了吗？"

这样的常态让我安心。

但这种安心很快就被打断了。孩子们仍无聊地留在候诊室，我们则被领到诊室坐下。

就是在那一刻，我从未预想过的报告出来了。

"你们儿子得了脑瘤。"

"什么？"我听见了，但我不愿听到。

"必须马上移除。我来打几个电话，安排奥利立即入院。恐怕他的情况不太乐观，随时会有生命危险。"

话语悬在半空中，将我压得喘不过气来。我不敢相信自己听到的话。

但某种意义上，我知道真相，而且早就知道，但我什么也没做。我的宝贝在受难，我却一直在犹疑。为什么？我几个礼拜前就该带他回医生那儿要求做核磁共振。我怎能这么无知？我为什么没有听从内心的声音？

我看着彼得，他的眼中已蓄满泪水，我也感到了自己眼中的刺痛。

我们自己的医生没有留意儿童脑瘤的关键迹象，导致了误诊。

一切都发生得太快了，我有无数的问题，却没有时间去问。

医生给了我们一封推荐信，写给大奥蒙德街医院的神经外科医生，海伍德先生。上面用粗体字写着"紧急医疗介入"。

我们沉默着赶往医院，气氛异常阴郁，连孩子们都一反常态地安静了下来。

一进医院，我们就赶往神经外科的候诊区。

孩子们很快发现了游戏室，那儿有志愿者，会在我和彼得与医生见面时照看他们。

海伍德医生非常和善，说话直奔主题。奥利的脑干中有一个很大的肿瘤，必须马上移除，否则，他可能熬不过几天，或者几周。

我们无言地听着。

他会做个切片检查，看肿瘤是良性还是恶性，结果出来大概需要一周。

也就是到 2002 年 3 月 27 日，我们就能知道结果。奥利的手术就被安排在那之后的几天内。

"为什么？"我不停地自问，"为什么我的孩子要遭遇这样的事？他是无辜的。为什么是他？我做错了什么？"

海伍德医生解释说，极少数情况下，某些恶性肿瘤细胞会扩散到脊柱。保险起见，一旦发现了脑瘤，他们也会做脊椎的核磁共振成像。奥利被安排在第二天进行脊椎核磁共振检查。

我们麻木地点头——这一切都太过沉重。思维像一团漩涡，我们已无力理清思绪。

医生先给奥利开了药方，一种叫作地塞米松的类固醇，能抑制肿瘤增大，缓解挤迫的压力。但愿这个药可以有效地抗击某些可怕的症状。

当我们离开诊室去接孩子时，一位护士问我们是否需要一点时间调整。

我们都点了点头。

我和彼得紧握着手走在医院的走廊上，刚刚得到的消息太过沉重，让我们深受打击。彼得突然失去了控制。这个身高一米八多的大块头

男人松开我的手，沿着长长的走廊独自向前走去，不可抑制地抽泣着，毫不在意身旁那些满脸同情的行人。

我无法安慰他，他也不想要我的安慰，这样也好。我看着他将无助都化成了悲伤，只能默默为他祈祷，希望他能扛住，我自己也是。我不想让孩子们看到这样的我们。

大约半小时后，我们回到了海伍德医生的诊室，去游戏室接孩子前，一位护士带我们到医护人员专用的卫生间梳洗了一下。听护士说，他们在那里玩得很开心。

清洗干净后，我们简单地讨论了一下回家后要怎样把计划告诉奥利和孩子们。一切都太不真实了。我到底能说些什么？

我突然想到自己该打几个电话，因为我们的家人还不知道发生了什么。肩上的负担好像又重了许多。

在打第一通电话前，我买了咖啡和香烟，都有着不可思议的安慰效果。我找到一个指定地点，下面的小庭院里，同样抽着烟的人们在用手机打电话，多数都噙着泪水。我找到个地方坐下，加入了这新发现的队伍中。

那么，人们都是来这里通报坏消息的吧。眼泪和香烟，就像电影一样。我愚蠢地想。

我的扫视吸引了一位倚在栏杆上的女士的注意。她双眼肿胀，半笑了一下，朝我点点头。

我也朝她点点头。我夹着香烟，深吸一口气，拿出手机开始拨号。

要怎样告诉那些你爱的人你的孩子得了脑瘤？他马上要动手术？他可能会死？

人类的本性就是保护我们爱的人。我要怎样把这个消息告诉母亲才不至于让她太难过？

没有好的方法。我无法美化它，也无法掩饰其中巨大的悲伤。

每次我都要重复发生了什么，痛苦自然不言而喻。他们都无法相信这是事实。我已经乱套了，必须休息一下。

当我在庭院的一头和我的家人打电话时，彼得在另一头和他的家人通话。这场景如此怪异，却又如此真实。无须解释，我们都感受到了悲剧的力量，它正在抽走我们的一切。我们打了两组电话，应对着两个震惊的家庭，也感受到了两种困惑与痛苦。尽管我们互相支持着，这一切还是让人无法承受。

打完电话，我们已泪流满面，筋疲力尽，再次梳洗完后，我们终于动身前去游戏室接孩子。他们对这一切毫不知情，愉快地玩了两个小时，还骄傲地向我们展示自己的画作。我竭尽全力才忍住没有哭泣。

终于离开了医院，我感觉好多了。在前往彼得公寓的路上，我们在星巴克暂停下来。孩子们津津有味地吃着巧克力蛋糕，面对不确定的未来，我们再次享受了寻常的温馨时刻。

使用了大剂量的类固醇后，奥利的发病终于有所减轻。看到我们的小男孩再次开心地笑真是太好了。除了病症的减缓，类固醇还让奥利胃口大增。他能吃下所有喜欢的食物，直到肚子胀得像椭圆形的气球。我们取笑他的大肚子比爸爸的还大，这为我们带来了许多欢乐。

某天晚上，我们正在吃晚餐，奥利已经吃了第三份食物，就是在那时，我们开始讨论奥利的肿瘤问题。彼得先提出奥利最近生了很重的病，而我们正在想办法找出问题的根源。"你们知道，我们给奥利脑部做了核磁共振成像，妈妈解释过，那就像给他的脑袋内部拍照。"

我看着奥利："亲爱的，他们确实发现了一个东西。那个东西叫脑瘤，就是它让你头疼、生病。"

杰西和乔治专心地听着。

"什么是脑瘤？"奥利问道，用无辜的大眼睛望着我们，可爱的小嘴唇上还残留着巧克力布丁。

孩子的神奇之处就在于他们的天真，能单纯地以表面意思接收信息。每次不管孩子们问什么问题，我们都会如实回答，这次也不例外。但同时，我们也不想孩子受到不必要的惊吓。我小心但假装轻松地解释着，就像在谈论如何烘焙蛋糕一样。这太不真实了。

"它怎么进去的？"乔治问。

"是啊，怎么进去的，妈妈？"奥利问，"我们能把它取出来吗？"

我继续说着："呃，现在他们还不知道小孩子是怎么得脑瘤的。有些孩子会得，有些孩子就不会。医生们正在努力找出原因。他们认为可能是空气中的坏细菌侵入了你体内，或者有些孩子可能是天生的。我们也不知道，但我们能把它取出来，然后你就会好多了。你看，现在我们给你吃的药已经有效果了，是不是？"

奥利微笑着点头，接着又补充说："我不喜欢生坏病，妈妈。"他抬起头，透过他那又浓又长的卷睫毛看着我。

"我知道你不喜欢，亲爱的。我们会好好照顾你的，宝贝。我保证，一切都会好起来的。"我边抚摸着他的脑袋，边默默地祈祷着，但愿我的话能成真。

脊椎核磁共振成像的结果出来了。

"我很抱歉告诉你们这个消息。但奥利的脊柱中确实出现了肿瘤。"和往常一样，我们这位严肃、和善的海伍德医生直接说出了结果。

我和彼得僵硬地坐着，脑中却已无法承受更多的噩耗。

"你们知道，我们已经安排在几天内为奥利动手术摘除肿瘤。但我不会太冒进，因为脊柱上已经发现了病灶，这可能会导致瘫痪。我会尽可能多地取出肿瘤，但也很可能还会有残留。"

我的心疯狂地怦怦直跳。

"这意味着肿瘤是恶性的吗？"彼得问，"奥利得了癌症吗？"

"你能取出他脊柱里的肿瘤吗？"我问。

海伍德医生沉默了一会儿，然后回答道："恐怕肿瘤是恶性的概率比较大，但当然，只有在做了切片检查后才能确定。"

一个接一个的炸弹向我们轰来。不知在何时，我伸手去握彼得的手。

他看起来完全垮了，茫然无措。

我的注意力顿时转到了奥利身上。他正和医院的一名志愿者待在游戏室里。游戏室的墙壁色彩明亮，贴着维尼熊和孩子们热爱的许多迪士尼和尼克动画形象，当然还有奥利最喜欢的火车头托马斯。墙上还陈列着许多孩子的涂鸦：小手印、长着欢快大脸的可爱的火柴人，还有各种体形和尺寸的护士，旁边写着"我爱你"和"谢谢你"。欢笑声、音乐声和儿歌声不断飘到走廊上来。我想象着他跪在游戏室的地上，沿着无形的轨迹推着他的火车四处爬动，还不时改换道岔，"嘟嘟嘟"地大声模仿着火车的轰鸣。

我忍住泪水，深吸一口气，又将思绪拉回到眼前，尽管我很想逃离。我已经听够了，我需要新鲜空气，我需要香烟。我努力克制自己的感情，还有怒气，但我没能做到。

第三章　进入战斗

在奥利手术和术后恢复期间，我们打算把杰西和乔治托付给亲戚，因为我们至少有两三个月不会回美国，不会回我们位于伊利诺伊州唐纳斯格罗夫的家中。

当我们把消息告诉各自的上司时，他们都表示同情，并给予了支持。我辞去了基督教青年会健身协调员的工作，以便全职照顾奥利和其他孩子。一回到美国，彼得就得尽快回去工作，这对他来说很难，因为在这样艰难的时期，他想陪着儿子。但我们还有账单要付，他知道自己没得选择。

在伦敦的那段时间，家人都抽空前来帮忙，给了我们很大的安慰。如果没有他们，我无法想象我们如何能熬过来。我们的情绪都太外露，但能不加掩饰或压抑地放声大哭，为命运的不公而尖叫，这样的感觉很好。他们的爱给了我们力量，还有我们远在美国的朋友和同事，他

们寄来大量卡片、邮件和包裹。送到医院来的礼物多得惊人，但也非常奇妙，而且，它们正好可以装扮奥利在鹦鹉病房中的房间，也就是奥利将在术后等待康复的神经科病房。

彼得建议由我去告诉奥利他即将面对的手术，对此我很是感激。我也希望由自己来承担这个责任。孩子生病时总会想到妈妈。我知道要让他完全理解手术的影响很困难，但他是个聪明的孩子，从一开始我就打算实话实说。我会告诉他，他醒来时可能会疼，但医生有强效药能帮他祛除疼痛。我会告诉他，他将住院，但我们会轮流一直陪在他身边。我会告诉他，他的脑袋可能要绑上绷带，身上也要插许多管子。我会告诉他所有事情。

我确实把这一切都告诉他了，我还告诉他孩子们后来都康复回家了。我还告诉他我有多爱他，他对我来说是一个勇敢、特别的小战士。

他问了许多问题。

其中最重要的一个是："我的早饭和晚饭会放在托盘上送来吗？"

我笑了："当然。你会享受到无微不至的服务，就像国王一样。"

他端坐在椅子上，显得极为傲慢。

我很配合地鞠了一躬："陛下。"

他咯咯笑着拍了一下我的手："妈妈，你好傻。"

"他们会给你一个菜单，奥利，就像在餐馆里一样。"

他睁大了眼睛。"哇！"他又顿了顿，"如果他们没有我想吃的怎么办？"

　　我轻声笑了，用双手拢住他的小脸蛋，亲了亲他的眼睑，他的
鼻子，接着又紧紧地捏了一下他的脸。"你真是个有趣的小男孩。
别担心，我们会保证你吃到喜欢的东西，你这小顽猴。"

　　杰西和乔治也有很多疑问。他们知道弟弟病得很严重，也很为
他担心。他们想知道奥利会不会疼，我和彼得再次保证说医生的药
能帮他。

　　手术的日子到了。奥利穿着自己的内衣和蓝色泰迪熊病号服，脚
上是配套的袜子，他已经准备好了。为了手术他还没吃任何东西，所
以他一直想着食物。

　　我们告诉他手术后他可以吃任何东西，甚至给了他一张"随便吃"
的卡片，但他还是不停嘟囔着。

　　到时间了，医院的运送团队过来把奥利送去手术准备区。

　　奥利忘记了自己空空的肚子，再次询问发生了什么，我们要去
哪里。

　　"噢，"我解释说，"这些好心人会把我们带到一个特殊的房间，

在那里你可以美美地睡一个长觉，这样他们就能把你脑袋里那些讨厌的肿瘤取出来。记得吗，奥利？记得爸爸妈妈告诉过你，有一种很厉害的药能让你睡着吗？"

奥利点点头，紧张地玩弄着他的安慰品，"蒂基"。

我们的三个孩子小时候都有自己特殊的依赖物。第一个孩子杰西非常钟情于婴儿床上的毯子，软软的，还有丝绸镶边，她会把脸贴在上面，边抚摸边吮拇指。乔治的是一条旧睡裤，他只在睡觉时才需要它。我是偶然一次发现了奥利的依赖物。他有一件最喜欢的火车头托马斯背心，我注意到每次他穿着它时，总会频频把手伸到背后。

我好奇地问他在干什么。

"我在和蒂基玩，笨蛋！"他转过身去让我看露在背心外的长条形丝绸水洗标。

"这是蒂基？"我碰了碰标签，"你在和他玩？"

奥利猛地转过身来，看着我的样子就好像我长了两个脑袋似的。

"当然啦，嗨！"他翻了个白眼，"他是最柔软的蒂基。"

我努力不笑出来。"奥利，你看这件背心对你来说有点太小了，而且你这样手臂卡在脑袋上面和蒂基玩肯定很不方便。不如我们把背心脱下来，这样你就能一直和蒂基玩了，好不好？"

他当然认为这是个绝好的主意。他咧嘴笑了一下，然后迅速脱下背心，把蒂基抱在胸前，又匆匆给了我一个可爱的吻。

在我们继续这场旅程时，蒂基将源源不断地为奥利提供力量。

当运送队将他推往电梯时，奥利紧紧抓着蒂基，我和彼得则分别握着他的两只小手。

护士们欢快地叫道，"祝你好运！"还有"稍后见，奥利，我们准备好了巧克力冰激凌等你回来。"

奥利冲她们傻笑着，又吐了吐舌头。

进入手术预备区后，我们见到了麻醉医师，他和我们握了手，咧嘴笑道："嗨，你好啊，奥利弗——还是奥利？"

奥利显然非常焦虑，也不想留在那个地方，便转过头去。对未知的恐惧，再加上这个高大的陌生人，穿着手术服，戴着口罩，手上还戴着塑胶手套，这一切都像是恐怖故事中的场景。

医院的消毒水味很浓，直直地钻进我们的鼻孔，甚至喉咙。

奥利环顾四周，把一切都看在了眼里：房间另一头配备着皮带的担架床，闪烁着发出哔哔声的监护仪，悬挂着袋袋液体的金属杆，还有放着成套可怕工具的桌台。盯着那张桌台，奥利像突然从噩梦中惊醒般尖叫起来。

彼得和我试图让他冷静，却只是徒劳。

"快！"我大喊道，"求求你们，我们开始吧。"

我突然后悔自己表现得那样惊慌。对于已被吓坏了的奥利，这

只会让情况更加糟糕。当护士为他戴上口罩时，我和彼得不得不按住他。

在奥利几乎还没意识到时，麻醉医师插入了针头，我们开始等待奥利入睡。当哭声渐渐停歇时，泪水慢慢从他脸上滚落，随着药物开始生效，他的身体疲软下来。

我们抚摸着他，亲吻他，安慰他："睡吧，宝贝，睡吧。我们爱你，我们很快会再见的。"

奥利的眼睑翕动着，泪水沾湿了他漂亮的睫毛，接着，它们闭上了。

他睡着了，医务人员马上就能开始工作。

我们带着传呼机，满怀伤痛地走出了医院。或许清冽的空气能帮助我们理清思绪。

手术需要好几个小时，我们可以趁此时间讨论一下前方的道路，交流一下彼此的想法。或者什么都不做，也许我们需要的只是思考。

我们漫无目地走在伦敦街上。我看着眼前的一切——匆匆跑进地铁的白领、推着童车的母亲、手牵手的情侣、不知开往何处的嘈杂车流——我嫉妒这种一切都正常的简单状态，因为我们世界里的一切都是如此不正常。呼机响了，将我带回新的未知世界。

回到特护病房，我们听到一位护士正在大声讲话，几乎已经成了喊叫。"好了，奥利！不要动，保持安静，奥利。努力保持不动！"

奥利哭号着，"妈——妈！我要妈——妈！"接着是更大的一声："走开！"他的话含混不清，间隔很长，说得很慢，我知道这让他更加愤怒。"不——不——不！"

护士们按住他，试图阻止他扯掉手臂上、手上、脚上的线和管子。场面极为狂乱、可怕。

我们冲到他身边，我迅速扫了一眼：他的头上绑着绷带，各种线连接到监测着心率、血压、呼吸和氧气水平的监护仪上，金属杆上挂着各种袋子。蒂基装在袋子里，和他的病号服，以及脏污的内衣一起放在床尾。

我强忍住泪水，抓起奥利的手，把蒂基放到他手中。"好了，宝贝。蒂基在这里，妈妈在这儿。爸爸也在。我们爱你。你真是个勇敢的孩子。"

彼得正努力使自己镇静，此时也安慰着儿子。

然而，奥利并不接受。我们的出现似乎让事情变得更糟，奥利哭得更响了。

这场苏醒对一个五岁的孩子来说太过猛烈：巨大的疼痛，一切都失去了控制，还有一个令人惊惧的无法解答的问题：他为什么会感到这么痛。

我感觉自己背叛了他。我知道他现在的想法："你从来没告诉过我会这样。你骗了我，妈妈。"我本该为他提供保护，却没能做到。

这是我一生最糟糕的感受。

谢天谢地，吗啡让奥利摆脱了苏醒的噩梦，他终于沉沉睡去。

奥利睡着时，一位护士向我们简要地说了一下他的情况。奥利表现得不错，手术很成功，医生和其他医务人员都很开心。海伍德医生早上会过来告诉我们更多关于手术的细节、奥利的康复情况，以及今后的发展。

她微笑着建议我们休息一下。

这时出现一个我和彼得不曾考虑过的问题——只有一名家长能在床边陪睡，这是规定。这当然很有意义。我们应该回去睡觉，只有好好休息才能迎接第二天的挑战。但我不想管什么规定，也不想管它是否有意义，我只想陪着儿子，彼得也是。

我情绪激动，很不理智地和医生、护士争辩，彼得则在身边试图让我保持冷静。我知道自己不可能争赢，却仍幼稚地坚持着我们两人都留下，最终，和此前的许多家长一样，我承认了规定的合理性，极不情愿地屈服了。

但我还是不想回家。我怎么可能睡得着呢？

我和彼得分别站在奥利两边，争论着第一晚谁留下。我一分钟都不想和奥利分开，我讨厌和别人分享这个过程，就算和他爸爸也不行。护士建议我们两人都回去休息，她解释说，经过这样的手术，孩子通常会睡上好几个小时。她那随和的态度让人很安心，好像奥利只是拔掉一颗牙齿，而不是摘除了脑瘤。

　　我们彼此对望了一下，接受了这个建议。接着我们又看向奥利，享受着这宁静的时刻。我们抚摸着他的小手，确保蒂基安全地握在里面，随后轻轻吻了一下他作为道别。明早见，儿子。

　　回到彼得的公寓，我突然感到一阵强烈的内疚。我们已经近两天没有和杰西或乔治讲话了。我打电话给姐姐凯伦，孩子们就寄放在她家由她照顾。我简单地告诉了她白天的情况，然后她叫来了杰西和乔治，他们正玩得高兴。我告诉他们奥利很好，手术很成功，他现在已经睡着了。接着我便转移了话题，告诉他们我很想他们，并询问他们和凯伦阿姨的计划。

　　他们兴奋地告诉我他们将去参观隔壁的一个农场，还要去喂春天新生的羊羔。他们还会去看我妈妈，他们亲切地称她为怪婆婆，因为她总是不戴假牙，讲话时发出嘶嘶的响声。妈妈就住在姐姐家附近，她似乎很喜欢这个昵称。

　　彼得也和孩子们讲了话，提醒他们要多拍照片，并告诉他们我们明晚会再打电话。

　　我松了口气，很高兴他们被照顾得那么好，这样我们就能专心照顾奥利了，并为下一步做好准备。

　　奥利最终醒来时已经到了下午。醒来后，他已经不是我们所认识的奥利了。

　　医生已经告诉我们会发生什么：极端的情绪波动、抑郁、愤怒、困惑和挫败感。他确实正在经历这些情绪，但我们没想到会那么严重。

　　奥利走进手术室，出来的却是另一个孩子。他变了。尽管他最终会从手术中恢复过来，他的身体也会从那些伤痛中康复，但他却再也不是同一个人。他的人格，他的灵魂，他的存在都已经变了。当他们打开他的脑壳，摘除其中的恶魔时，也带走了另一些东西，那是所有药物都无法使之复原的部分——他的天真。

　　我和彼得一直照料着奥利，而他每天都在为我们认为理所当然的事苦苦挣扎：走路、讲话、吃饭、笑，甚至只是活着。

　　我放下为我们失去的那个儿子而伤心的情绪，开始拥抱这个我不曾认识的新奥利：这个部分深藏在孩子心底，当他的生存受到威胁时便展露出来。那是他曾沉睡的部分，对许多孩子来说，这些部分现在依然沉睡着。它以一种高贵而优雅的形态缓慢但坚定地显露出来，而我发现自己重又爱上了奥利。

　　我不再为我们失去的孩子忧伤，因为他已经找到了自己的秘密武器，能时时用来保护他爱的人，并在这个过程中寻回他丧失的部分天真。我想要认识这个新发现的伙伴，这个永远不会屈服的灵魂，这种无声的力量。一个叫作勇气的无形乘客加入了我们的旅程。

我们的孩子从手术中醒来后无法连贯地讲话，不能吃喝，也不能控制自己的大小便，甚至无法行走。由于小肌肉运动技能受到了影响，他再也不能为他最喜爱的托马斯图书上色，也无法写出自己的名字。他得从头学习所有事情。看着他克服一个又一个困难，我对他的爱比以往更深了。

奥利坚决要求自立，固执地试图自己完成所有事情。比如，他不肯使用便盆，他要自己去厕所，拖着静脉输液架，不断摔倒，又忍着疼痛挣扎着站起来。"我自己能行！"他会这样尖声大叫。如果我们想帮他，他就会露出愤怒的表情，大喊："走开！"

奥利的情绪波动反复无常。可能前一天他还很开心，第二天却陷入了无可名状的忧伤中。可怕的抑郁会裹住他的整个身体，拖他渐渐下沉，消融于一片黑暗的虚无中。他垂下头，沉下肩，整个人被包裹在虚幻的暗影中，泪水从面颊上滚滚滑落。他透过被泪水浸透的睫毛抬头问我："为什么，妈妈？为什么我这么伤心？我好伤心，好伤心。"他摇着头向我伸出双手，想要我抱着。

我爬上床，紧紧地抱住他，轻抚我这美丽却悲伤的孩子。我低语着，以母亲特有的方式轻声安慰他。

在奥利努力战斗时，彼得和我也有自己的战斗。我们没有忘记切片检查。然而，我们什么都没说，只是将这即将到来的消息抛到了脑后。我们已经迅速学会了尽量保存所有的精力，明白了执着于坏消息毫无意义。

奥利做完手术的六天后，我们再次与海伍德医生和他的团队见了面。

"很抱歉，"海伍德医生开始讲话了，"奥利得了癌症。"

"什么？"我在脑中开始尖叫。

"奥利得的是重度恶性肿瘤，"他继续道，"极具侵略性，被称为成神经管细胞瘤。我说慢一点给你听，成——神——经——管——细——胞——瘤。你们知道，他的脊柱中已经出现了损伤，我们连肿瘤的百分之五都无法取出。这种癌症……"

我在颤抖。我意识到在他讲话时我就已经失控了。内心深处，有种狂怒即将爆发。我的颤抖变成了筛糠似的抖动。汗水从每个毛孔中渗透出来。"不，不可能。不要是我的孩子。求求你了，上帝啊，不要！"我在心中狂叫。

我无法安坐，站起身来在房中踱步。我听懂了医生的每一句话，却完全无法相信这样的事会发生在奥利身上，发生在我们身上，发生在我身上。

"……而且这种癌症，"他还在继续，"它的特性是会在相对较短的时间内迅速传播，因此当务之急是尽快展开治疗。他被诊断为四级，高危。"

透过狂躁的迷雾，我只隐隐听到彼得在问相关的数据。

回答是百分之十二的存活率，不可能治愈。

话语飘散了，但它们的意思却像海啸一样将我席卷。

我口舌干涩，感觉异常恶心，心脏在胸腔里猛烈地跳动着。一股无法辨认的力量从内心升起，将我抽离了身体。不知怎么的，我的身体与灵魂联合起来保护我的孩子。随着一阵汹涌的激荡，不可遏制的情绪赢了，一个闻所未闻的声音充满了整个房间，我甚至没有意识到那是自己的声音。

我的丈夫安静地坐着抽泣，我则进行了一场狂暴的个人战斗，没有人阻止我。当海伍德医生及其团队成员脸上浮现出同情之色时，我正在独自与魔鬼作战：绝望、无助的魔鬼，还有可怕的疼痛，就像有人从我的子宫中生生地剥走了孩子，而我则血淋淋地躺在地上，内脏荒诞地散布在空荡荡的腹腔四周。我一直控制着的怒气此时终于如恶魔般挣脱了枷锁，像一块长满蛆虫的腐肉，从我的口中喷涌而出。我津津有味地咀嚼着，在恶毒地将其吐出前，享受着每一口腐烂的滋味。在一个甚至没有人会抬一根眉毛的房间中，我恶毒地挑衅上帝。痛苦引起的愤怒继续在我的表皮蜿蜒，如一条巨蛇般钻进我的毛孔，当它收紧身体时，便从我身上挤出了肮脏

的污秽。

"不！你他妈的怎么能这样？你他妈的怎么敢这样？为什么？不要是我的儿子。不要是我的奥利！他还只是个孩子。他什么都没做错！我干了什么？"当我颤抖着坐在地上时，我的胃由于猛烈的啜泣而拧成了一团。"对不起！让我做什么都可以，但他是无辜的。对不起。天啊，求求你，不要，不要这样。"没有人听到我的祈祷。

上帝出去了。门关上了，上面挂着"请勿打扰"的牌子。

我的心死了。更糟的是，我还没死，我被判处重罪，要陪伴儿子，要眼睁睁地看着他受尽折磨而死。我徒劳地恳求房间里那几双眼睛，我的鼻子上挂满了鼻涕，顺着下巴滴落到地板上。在等待他们回应的同时，抽泣渐渐平息下来。

没人过来。

咆哮声从我的口中爆发出来。对我的判决是真的！噩梦是真的！当我蜷缩着躺在地板上时，我的身体已支离破碎，就像一个一文不值的旧麻袋，粗糙、脆弱、布满破洞，任谁都会毫不犹豫地将之踢进角落。

在我猛力捶打墙壁，关节上渗出鲜血时，我的丈夫才从椅子上起来，擦掉自己的眼泪，抱住了我。

我甩动胳膊，仍在空气中挥舞着拳头，打他，打上帝，终于，我瘫倒在他的胸前，陷入了黑暗的虚无中。

我不记得自己昏迷了多久，只知道我已筋疲力尽。

现在，我已准备好迎接人生的战斗。

奥利需要接受为期六十八周的治疗，包括高剂量的放射治疗和化学治疗。残留的肿瘤和脊椎中的病灶已经开始生长。为了延长他的生命，增大存活的概率，越早开始治疗越好。我们没有太多时间，而治疗也变得越发紧迫。虽然手术已经过去四周，但奥利仍处于康复阶段，还无法承受治疗的影响，也不适合出门旅行。

为了节约宝贵的时间，我们讨论过在伦敦接受治疗的可能性。但这样做存在很多问题：我们有不少亲戚生活在英国的不同地方，但他们不能提供长期帮助；其他孩子得回学校上课；彼得的公寓也不适合五个人住；我们的家和工作都在美国。我们在伊利诺伊的邻里朋友都很乐意在我们照顾孩子时提供帮助，这些情况间接帮助我们做出了决定。

最终，海伍德医生的推荐促使我们做出了决定。他推荐的是芝加哥儿童纪念医院的斯图尔特·戈德曼医生，他站在儿童脑瘤研究的最

前沿，是一位杰出的科学家。他的病人和同事亲切地称他为斯图医生。这个人，很快将改变我们的生活。

我听说过儿童纪念医院，事实上，它离我们家只有大概 10 公里。去年，在一年一度的儿童医院募捐集会期间我就在听调频 101.9 万象频道的埃里克和凯西，万象是芝加哥最好的广播电台。当病人，尤其是那些肿瘤科的病人和家人分享他们的故事时，我总是深受感动。我立即打电话给电台，表示愿意捐款。

命运的逆转多么讽刺而又残忍，如今，我们也加入了那些家庭。

我们做出了决定：在接下来的两个月中，奥利仍在大奥蒙德街医院康复，我们则开始准备返回美国，与戈德曼医生会面。

奥利正逐渐从手术中恢复过来。在我们快要离开伦敦的某个早上，病房中弥漫着一种显而易见的兴奋。当时我正经过护士站去厨房给奥利拿果汁，看到几个女孩在梳头发、抹口红，甚至连男护士都在打扮自己。

我并没有太过留意，但有点好奇。我给奥利拿了果汁，在他看《火车头托马斯》的视频时，我在旁边喝茶。等我喝完就去看看到底什么情况。

我们的值夜护士妮可突然欢笑着冲进来。她激动得上气不接下气，大睁着双眼，将手放到唇上："哦，天啊，有名人要来参观病房了。还有五分钟就到。"

"什么？"我狐疑地问，"你确定吗？是谁？"

奥利的注意力完全在托马斯视频上，仍专心地吃着巧克力酥。

"我不知道，"妮可说，"他们没说，但我知道乔治·迈克尔和辣妹组合中的格里·哈利维尔经常来这个科探视。"

我得去看看。

所有能走动的孩子都被带到了游戏室，病情比较严重的孩子则留在病床上被送到主病房中。作为四级病患，奥利显然被归到了后者，我推着他走进那个已被挤得水泄不通的房间。奥利很不高兴离开电视，立刻就生气了。

我必须承认我感到很抱歉，但我就想看看到底是哪个名人。护士告诉我们还要几分钟，而且会来两位名人。显然，这两人经常私下过来探视，并不想引起公众的注意。

"他们来了！"激动的妮可大叫道。

当麦当娜和盖·里奇进来时，我几乎无法相信自己的眼睛。麦当娜抱着泰迪熊，盖·里奇则一身黑色装扮，大出风头。

妮可已经兴奋地不能自已了。

短短几秒钟，我忘了自己身在何处，开始为自己的睡衣和宽大的唐老鸭拖鞋感到可笑，我的头发也一团乱。当你二十四小时待在医院时，谁还会想到自己的形象呢。我甚至不记得自己是否用了香体膏。但愿我用了。

　　魅力的代言人麦当娜在房间里走动着。她是那样娇小，完全没有化妆，却仍处处透着巨星的范儿。她停在每张床前，和孩子、家长聊天。作为一位母亲，她显然是发自内心地关心这些孩子，并认为自己需要以某种形式给予支持和帮助。

　　当他们在房中穿行时，我发现奥利非常焦虑。嘈杂的谈话声影响了他，我感到他需要独处。

　　我突然感到一阵愧疚，正要把他推出这个房间时，麦当娜过来了。

　　她微笑着向我问好，一边把泰迪熊递给奥利，一边亲切地询问他的名字。

　　奥利直接将礼物扔在地上，皱起眉，转过身去。

　　她似乎完全没有受到冒犯，只是同情地看着我。

　　我捡起泰迪熊递还给她："真抱歉。如果你带来的是火车头托马斯，他可能还会笑一下。"

　　她笑了，说下次她会记得，并祝我们好运。

　　回房间的路上，奥利一直在抱怨。

　　然而，我注意到神经科鹦鹉病房里的家庭突然都士气高涨，那些在如此压抑的地方工作却从未抱怨的人们此时也面露喜色。

　　我震惊了，明星的力量多么强大。名人们只要露个面就能创造信心，当他们将名声用在某个地方时，就能引起巨大的变化。我突然也渴望起名声来，这样，我就能产生影响。我想解开那些选择闭上眼睛、蒙住耳朵的人身上的枷锁，因为他们和过去的我一样，都不相信悲剧会发生在自己身上。在那天快结束时，我接受了这个事实——癌症绝不会在意你是谁，你有多少钱，或者有多大的房子。我想团结人们的力量来研究儿童脑瘤的起因。

但我还不出名。对于这个世界，我只是个无名小卒。我是个母亲，我的孩子病了，我只想让人们听到我的声音。会有人听我的话吗？会有人在乎吗？

对我来说，在大奥蒙德街医院的最后几天带着几许淡淡的忧伤。我们马上就要离开这些可爱的护士和病人了，事实上，我们已和他们建立了紧密的联系。

但奥利正好相反，他迫不及待地想要离开。如果可以，他一定会跳下床，蹦跳着跑出医院前门。"我要回家了！"经过护士站时，他坐在新童车里大声喊着，我们前几天才刚刚买下这辆闪闪发亮的黑色童车。

护士们也欢乐地喊着"万岁！"和"祝你好运！我们会想你的，奥利！"与他道别。

当我们走近大奥蒙德街医院鹦鹉病房的出口时，我回过头最后看了一眼。我看到了乔，一个十二岁的女孩，她已经在这里住了好几个月，她的病房就在奥利的对面。她在一次交通事故中严重受伤，从父母的车中被直接弹到了高速公路上，却奇迹般地没有被后面的

车子撞到。她差点在救护车里死过去，昏迷了好几周。直到那天，她才可离开轮椅。现在，她正依靠自己的力量缓慢地走向病房。

我微笑着转过头，满怀希望地走出了医院。机票已经订好，终于，我们要回家了。

第四章　小丑和魔法床

回到美国，我们周围的朋友没有多问便纷纷过来帮忙。他们努力想做些事情来减轻我们的压力，他们愿意做任何事，轮流照顾杰西和乔治、做饭、跑腿、洗衣，以及其他所有需要做的事。我真诚地感激这群张开双臂将我们迎进整个邻里的朋友。托尼·恺撒兹和约翰·恺撒兹的孩子和我们的孩子关系非常密切，我们也和这些年来认识的其他许多朋友在火炉边共度了许多个周末的聚会：怀特家、杰弗里家、佐沃尼亚克家、泰勒家、肯尼迪家、哈拉普家、斯维克家、库恩家、汉森家、浩克家、胡辛格家、史密斯家，还有一些我几乎不认识的人，他们也毫不犹豫地提供了帮助。

我们需要支持。虽然手术成功了，但奥利的情况并不好。他忍受着巨大的疼痛，无法行走，而那愤怒的悲伤又回来了，严重到我几乎能感觉到他的痛苦。我感到很无助。

到了我们和斯图尔特·戈德曼医生见面的日子，邻居们帮忙照看杰西和乔治，彼得则开车带我和奥利去儿童纪念医院。我们坐在后座，奥利把头枕在我膝上，我轻轻抚摸着他的脸颊，他抓着我的手，一直用力捏着。

抵达医院，我们在四楼的接待处报了肿瘤科，便坐在淡蓝色的皮沙发上等候。

在真正见到斯图前，我已经听到了他的声音。

有人正哼着有点走调的歌。

循着那欢快的声音，我看到了这个身高一米八以上的大个子男人正沿着走廊跨步走来，一边还和经过的孩子打招呼。"嘿，大卫，怎么样了？伙计，有什么好玩的鼻屎笑话吗？"他问一个圆滚滚的光头男孩，而后者正把静脉输液架当成踏板车骑向门诊医院。

大卫笑了："真抱歉，斯图，今天没有，下周我会找点给你。"

斯图又对着一个头发稀疏的小女孩学猫叫："嘿，那是我女朋友。"

她立即脸红了："哦，斯图。"

斯图似乎永远咧嘴笑着，尽管已经是五月了，他的脖子上却还打着米老鼠的圣诞领带，他一边举手和孩子们击掌，一边像魔笛手般大步走来。当他走近时，我发现奥利双眼圆睁地盯着地面——从斯图的裤袋中源源不断地掉出可可软糖。孩子们开心极了，迫不及待地将它们一扫而光。我发誓，那一刻奥利已经忘了疼痛。我立刻对斯图产生了好感。

我微笑着看向彼得，他正在大笑。

彼得点点头道："没错，就是他了。"

我们听到过关于这个男人的闲话：喜欢系愚蠢的领带，讲关于鼻屎的笑话。就算他穿着麦当劳叔叔那双傻气的红鞋子，我也不会感到惊讶。

我向斯图伸出手："戈德曼医生吗？你好，我是蒂布尔斯太太。我们带奥利来找你。"

他愉快地笑着："嗨，终于见到你们了。"和我们握过手后，他又补充道："我过五分钟再来找你们，我还有个病人，那边结束了我就过来。"

我点点头，坐下来，看着一个十岁左右的女孩走过。她顶着个光头，走路时双腿笔直。我很想知道她的膝盖为什么不能弯曲。

在我们坐着等斯图时，奥利开始抑郁起来。我喂他吃了止痛药，他蜷缩在童车里，手上紧紧抓着蒂基想要睡觉。

到了下午一点半左右，肿瘤科的诊室开始安静下来，只有我们还在主接待区等候。这里的墙上贴满了明快的壁饰，房间里整齐地摆着舒适的皮沙发和椅子。

宽大的方形接待台后，三名工作人员正在处理无穷无尽的文件、

安排预约、分发铭牌、帮助诊室护士做好准备，诊室护士需要在孩子们见医生前记录下他们的身高、体重和脉搏数。

不久后，我们就会非常熟悉这个地方。接待室旁边是志愿者之家，以及血液肿瘤科的家庭服务处，这些为病人家属提供治疗和情感方面的支持。两扇门后是志愿者照看的游戏室，这里的气氛和大奥蒙德街医院游戏室的一样活跃。

走廊的尽头是门诊医院，病人在那里输血。如果不需要过夜，化疗也在那里进行。

当你看到墙上自豪地挂着大量病人照片时，你就知道自己到了斯图的办公室。有些照片已经旧得褪色，有些则是新近贴上的，还亮闪闪着。那一张张笑脸中有婴儿、蹒跚学步的幼儿、儿童，还有少年，大部分都是奥利这个年纪的男孩。有些照片中，斯图也参与了一家人的合影，但奇怪的是，他的出现并不显得突兀，好像他本就属于那个位置。我盯着孩子们的面孔，想知道他们怎么样了，现在在做什么——还有，他们是否还健在。

斯图终于完成了工作，和病人挥手道别后，他闲步过来，拉了把椅子和我们坐在一起。奥利的童车放在电视机前，他似乎很不舒服，侧身躺着，搁起双腿，背对着我们低声啜泣着。

斯图与我和彼得握手时朝奥利看了一眼。"看得出来他真的很不开心，"他轻声说，"所以今天我就不打扰他了，好吗？"

我们都点点头，松了口气。

斯图的嬉笑不见了，取而代之的是一种严肃却温和的神情。"我已经看了奥利手术前的核磁共振成像图和海伍德医生的病例记录。"他微笑着补充说，"不好意思，他叫奥利弗还是什么别的名字？"

"他叫奥利。"我回答道。

"哦，好的，只是想确认一下。"他再次看着奥利，笑道，"反正他肯定会告诉我的，对吧？"

彼得和我咧嘴笑了。

他那严肃的神情又回来了："我想不需要我再来告诉你们奥利病得很重吧。我们首先得再做一次核磁共振成像，看看现在的病情。手术已经过去十二周了，我希望马上开始治疗。"

"他总是喊疼，"我说，"我不知道该怎么办。"

"这点我可以帮忙。我会给你们开些效力更强的药，让他好过点。"他凑近我们，以免奥利听到，"坦白说，奥利还得经受很多，而且会很艰难。但我向你们保证，我会尽我所能让你们的孩子好起来，让他重新露出笑脸，变回一个孩子。他很快就会感觉好点的。如果你们需要和我聊聊，不管白天还是晚上，都可以给我电话。如果我不在，就让她们给我留言。随时都行，放心给我电话，好吗？等核磁共振的结果出来后我们可以再详谈。"

他再次看向仍背对着我们的奥利，说："我知道他现在对我没兴趣，没关系。"他咯咯笑着。"换作我是他也不会喜欢我。"

彼得和我都笑了。

"等奥利知道将要发生的事情后，他可能会很愤怒，所以，从一开始我们就必须跟他说实话。我不想让他生你们的气，所以等核磁共振结果出来后，由我来告诉他。让他来朝我发怒，好吗？你们还有许多麻烦需要应对。"

他这些友善的话鼓舞了我们，我知道我们找到了好医生。他的希望，伴着这样的善意，让我相信，或许，只是或许，奥利能挺过这场疾病，而不会最终湮灭于那些数据之中。

等奥利的铸型完成我们就开始治疗，时间临近，斯图再次向我们简述了一下治疗方案。由于肿瘤已扩散到脊椎，因此奥利必须做全身铸型，以确保放射治疗能安全进行。

铸型完成后会进行连续六周的紧急放射治疗。由于目前病情严重，奥利将接受高强度的放射治疗，还有每周一剂的化学治疗。

监控至关重要。毒性太强实际上会导致奥利的免疫系统完全失效。可怕的感染随时都会发生：肺炎、艰难梭菌（严重腹泻，伴随着疼痛难忍的腹部痉挛）、血液真菌污染和脑膜炎，这还只是其中的一些。

我有许多问题要问斯图，其中最紧迫的是关于奥利的头发。"它们会停止生长吗？会大块脱落还是小块脱落？还是怎样？"

所有这些问题的回答都是"是的"。他还说这一切会在相对较短的时间内发生。

我不知道这些会对奥利产生怎样的影响，也不知道自己该做些什么来减轻他的忧虑。

某天，趁一个朋友帮忙照看奥利时，我去了趟美发厅。当我回到家走进起居室时，奥利正在玩他的火车。

"妈妈，你变光头了！"他尖叫道，很快又忍不住大笑起来。他对此非常着迷，轻拍我的头皮，抚摸一下，又凑上去亲了一下。当然，他也问了我为什么这样做。

"好啦，亲爱的，我只是厌倦了每天打理头发，现在多方便，我什么都不用做了。而且，你知道妈妈总是很喜欢疯狂的发型啊。"我说着紧紧抱住了他。

他低下头，然后抬头看着我，又望向天空，脸上浮现出顽皮的笑容，仿佛他脑中正想着："哦，天啊。"同时，他那机智的表情又似乎在说，我知道你为什么这样做。

虽然斯图体贴地主动提出向奥利解释一切，但我还是希望由我来告诉他即将发生的事情。作为母亲，我觉得必须由自己来做这件事。

那晚，给奥利读完睡前故事后，我提出了这个话题："奥利，宝贝，我们知道是什么让你这么难受了。"

他的目光一直没离开我的眼睛。

"你得了一种叫癌症的病。癌症有很多种，你得的是脑瘤，这点你已经知道了，对吗？"

他点点头。

"有些脑瘤会停止生长，所以它们被取出后就永远不会回来了；但有些肿瘤还会长出来。宝贝，他们把你的脑瘤取出来时还留下了一点点，因为他们够不到它。"

"一点点？"

我点点头："是的，宝贝。"

他举起一只手，用拇指和食指比画了一个小小的圆："像这样一点点吗？"

我笑了："嗯，差不多。就像我说的，有些肿瘤还会长出来。因为我们留下了那么一点点，所以它现在又开始生长了。但他们有一种很厉害的治疗方法，叫化学治疗，它能帮你打败肿瘤，然后你就会感觉好多了。"

奥利重复着这个词，"化学治疗"，把每个音节都拖得很长。

"好的，妈妈，"他边揉眼睛边打了个哈欠，"现在我能睡了吗？我好困。"

"当然可以，亲爱的。睡很久很久，好不好？明天我们要早起去医院做核磁共振成像，还要见那个亲切的斯图医生。"

"好的。"奥利手上抓着蒂基，沉入睡梦中。

离开房间时我叹了口气。好了，我已告诉他将会发生什么了。

现在我得去告诉杰西和乔治。

我和彼得一起把这个消息告诉了奥利的哥哥和姐姐：奥利得了癌症，他得接受治疗，包括放射治疗和化学治疗，他会掉头发，而治疗本身也会让他生病，但最终会让他好起来。我们解释说这将持续很久，有时奥利可能得在医院过夜。我们还告诉他们，妈妈会有很长时间不在家，但爸爸去工作时，邻近的朋友会来照顾他们。为了保护他们，我们只说了他们需要知道的那部分信息。

他们焦虑地听着，不时提出一些问题，我们都坦诚而谨慎地做了回答，不想吓到他们。最后，我们互相拥抱，彼此鼓气："奥利会打败这东西的！他是个战士，他一定会赢！"

"我们要团结一致，"我说，"你们爸爸和我，你们俩，还有奥利。作为一个团队，我们是无敌的。"我真的这样认为。

第二天我们回到了医院。斯图又系着一条傻傻的卡通领带，带着

大大的笑脸走进了他位于儿童纪念医院的办公室。

奥利偷偷瞄了眼地面，很可能是在等可可软糖掉出来。

"嘿，伙计们，你们好啊。"斯图和彼得握手后轻轻拍着我的肩。

"嘿，今天你感觉如何？"他拉了把转椅，转到奥利面前，"我们终于见面了，我叫斯图。"温柔的神情代替了他的笑容。"我会好好照顾你的，伙计。我知道你最近一直不舒服，但我会改变这种情况的，好不好？"

奥利羞怯地坐下，仔细听着。

"嘿，我听说你喜欢火车。你很喜欢火车头托马斯，是不是？我家里有些这样的东西，还有别的火车视频，你想看看吗？"他使了个眼色，"下次我把它们带来给你。"

奥利假装不感兴趣，双臂交叉起来。

斯图关切地注视着他。"我知道你是个聪明的孩子。你爸爸妈妈已经告诉我了，我也看得出来。我知道你感觉很不好，对不对？"

奥利点点头，泪水在眼中打转。

"我知道，伙计。我知道。我会帮助你的，这就是我的工作。但你首先得知道，我们给你进行的治疗也会让你感觉很糟。"他冷静地解释着将要发生的事情。

奥利的脸上露出恍然大悟的神情，好像终于明白他身体里面的东西真的很坏。泪水从面颊上滚落下来，他只草草地抹了几下。他没有大喊，也没有尖叫，只是转身背对着斯图。我的心为之一颤。

与斯图的会面结束后，我们又前往芝加哥市区西北纪念医院的放射科。与玛丽蒙医生简单交谈后，我们就被带到了治疗区，奥利将在这里完成铸型并接受治疗。

铸型的过程极其漫长，而奥利必须一动不动地坐着。放射科医生会给他的脑袋、脖子和身体裹上一层玻璃纸，只在眼睛、鼻子和嘴巴的部位留出小缝隙。

当玻璃纸紧紧地裹上奥利的脑袋时，我从他的神情中看到了恐慌，便安慰他。值得感激的是，医生特意停下来和奥利玩了一会，以获得他的信任。

恐慌平息后，医生又在玻璃纸外涂上一层熟石膏，要涂好几层石膏才能确保有效的铸型。接受放射治疗时，奥利需要面朝下躺着，背部的石膏会被除去，这样就能在特定的位置照射线。

在我们被带到放射室时，奥利做过核磁共振成像的经历很有帮助，因为这个隧道般的巨大装置和当时那个装置很像。装有皮带的担架床也很像，只不过这张能朝各个方向移动，而且体积更大，就像一张蒙

着桌布的长长的餐桌。

玛丽蒙医生向我们介绍放射治疗程序时，我看着奥利，轻声说："这是一张特殊的台子，奥利，这是魔法床。"

奥利显然被吸引住了，看看床台又看看我："魔法床？"

我把手指压在唇上："是的，嘘——我待会儿会告诉你更多。"我使了个眼色。

他睁大了眼睛，紧紧地盯着床台。

玛丽蒙医生离开后，奥利迫不及待地想了解更多关于魔法床的事。"它为什么会有魔法？妈妈，它是干什么的？"

我想起我们的三个孩子，他们每人都曾在掉第一颗牙时担惊受怕，那时，我告诉他们不用担心："牙仙会来看你，撒下魔粉，然后结出礼物。"

现在，我解释说，只有像奥利这样身体里面受了伤的特殊孩子才能躺在魔法床上，它会帮助带走他们的伤痛。"因为当你躺在魔法床上时，"我解释道，"奇妙的隐形光束就会落到你身上。它们不会伤害你，一点都不会，因为它们是好的光，它们有魔法，有治疗作用。"

奥利盯着床台："哇！当我躺到魔法床上时，你会和我在一起吗，妈妈？"

"我也想呢，亲爱的，但这是不允许的。只有你这样特殊的孩子才能躺到魔法床上。不过，你猜怎么着？我就在隔壁，就在那个房间里，我会在那里看着你。这位女士会告诉我们怎么做。"

　　我推着奥利的童车穿过放射室那巨大而厚重的双门入口，转过一个弯后就到了一个小型控制区，这里到处都是闪烁的电脑屏幕。玛丽蒙医生轻按开关，倏地一下，其中一台显示器上就出现了"魔法床"和整个放射室。

　　"看到了吗，奥利？"玛丽蒙医生说，"妈妈能在这里看着你！要让妈妈回到房间去吗？这样你就能看到她了。"

　　他点点头，开心地笑了："好——的。"

　　我回到放射室。靠近床台时，我假装惊讶地发现了摄像头。我无法看到奥利的反应，感觉自己蠢极了，但我不在乎。我知道自己的滑稽动作会把他逗笑。我开始扮鬼脸，走模特步，接着又走出摄程，再猛地跳回去，做出"哈！"的嘴型。

　　突然，我发现我们能通过对讲系统讲话，因为奥利的声音清楚地传了过来："你好傻！"

　　伴着他的咯咯笑声，我假装自己被吓坏了。

　　奥利被迷住了，迫不及待地想开始治疗，去试试魔法床。

第五章　艾拉和好心的警察

治疗开始后，我们决定养只宠物，这或许能帮助奥利，也能给全家人鼓劲。最兴奋的当然还是奥利，他想要一只猫咪。在动物救助中心，他冲着小猫们咕咕地叫，猫咪们也喵喵叫着试图得到他的关注。

其中一只引起了他的注意：一只怯懦地缩在笼子角落里的小猫。差不多五个月大，爪子和肚皮呈白色，其他部位的毛则是棕黑混杂。虽然毛色很美，但毛发本身却很脏，而且毫无光泽，她的眼睛也浑浊呆滞、毫无生气。她安静地躺着，没有发出一丝叫声，看起来很惨。

奥利看向笼中，手指穿过孔隙。"过来，宝贝，过来。没事的，哦，可怜的小东西。过来，没事的，我保证。"他的声音温和、柔软，引诱着它。"妈妈，这只小猫咪被吓坏了，我们得照顾它。我能养它吗？妈妈，它叫什么名字？"

信息牌上有她的名字，艾拉，在得到救助前，她曾被主人虐待。

我告诉奥利："上面说艾拉不开心是因为在她还是孩子时，她的主人们对她很坏，但认识你后她就会变可爱了，她会趴下来，依偎在你身边。"

他仍然望着艾拉，现在她也已经抬起头，安静地看着他。他又重复了一遍："我想养她，妈妈。"

但他的努力似乎并无结果，艾拉仍害怕地伏着，发出嘶嘶的叫声。

但奥利没有灰心，显然，他的心思已经全在她身上了。

一阵疯狂的挣扎后，我们终于把艾拉装进了旅行笼中。回家的路上，奥利一直柔声对她咕咕叫着。

我在厨房打开了笼子。

艾拉一跃而出，径直冲进了地下室。

我想，哦，这可真是太好了！这下我们再也见不到她了。

她在下面躲了三天，这三天里，虽然奥利很不舒服，却仍努力一级一级慢慢地爬下楼梯，给艾拉送好吃的。他把鱼从她的眼皮底下一直放到自己脑袋边，他就那样趴在地上，温柔地哄着她。

他会和她待上很久，然后慢慢地爬上楼梯回到厨房，疼得直皱眉头。这是他的骄傲和决心，尽管很累，却从不让我带他下去。回到桌边他就一屁股坐进椅子里，嚷嚷着说累坏了："嚯！爬那些台阶可真累人，我得休息一下了。"

他对艾拉的创伤和疼痛的理解，他想要提供帮助的决心都表现出他的善意。他忘记了自己，总是把自己的挣扎和痛苦放在一边。

连睡觉时他也在为她担心："地下室里很黑，妈妈，她会不会有事？你说我们是不是应该给她开盏夜灯？"

我抚摸着他那可爱而充满关切的小脸，说："宝贝，她没事的。那里很好，很安静，而且，猫在黑暗中也能看见。我想她会好好的，真的。你把她照顾得很好。"

他的脸舒展开来，安心地进入了梦乡。

他的坚持终于得到了回报。一天早上，艾拉慢慢地从地下室钻出来，抽动着鼻子在空气中嗅着。

奥利躺着等她。

她缓缓地靠近，开始嗅他的手。

奥利压低声音开心地叫起来，明亮的眼眸望着我，轻声说："她在舔我的手，妈妈，快看。"

这还只是开始，他们会建立起一段特殊的友谊，艾拉也将成为一只圆润光洁的宠物，对生活心满意足，有着明亮的眼睛和与之匹配的个性。

开始治疗前，我们的日常生活和大部分人都差不多：六点起床，铺好桌子，吃早饭，打包午饭，洗漱，刷牙，装好背包，然后出门去校车站。

现在，这生活也没有多少改变，除了奥利因呕吐而无法吃早餐。当放射治疗进行到第四周时，他已经完全停止进食。虽然他的骨架一直就小，但现在，他体重骤减，只剩下皮包骨头了。

此外，我还要趁奥利起床前就起来为杰西和乔治准备午餐。这样我就能在他们两人吃早餐时照顾奥利。

那时，彼得在纽约工作，一般每月只回一两次家，除非我们遇到紧急情况。所以，那时我是一个人在应对这一切。

我先给奥利准备各种不同的止痛药：止吐的枢复宁、便秘药，还有用于伤口愈合和治疗烧伤的软膏。然后我要开车带他去市区治疗，治疗结束后再载他回家。随着奥利的健康水平不断下降，这对他已成了可怕的噩梦。我需要为旅途做好充分的准备：呕吐盆、尿壶、湿巾、毛巾、毛毯、枕头，还有水。很快我就掌握了所有最快的捷径，必须尽快赶到急诊室或家里时，我也会变成那种一有机会就插队的讨人厌

的司机，经常留下一长溜愤怒的司机在身后咒骂。

记得有一次奥利病得很重，我知道长长的旅途只会加重他的病情。那天，奥利极其痛苦，我们却被堵在路上无法前进。他虚弱得几乎无法讲话，但当他指着呕吐盆时，我还是从他恐惧的眼神中辨出了他焦虑的话语。

"好的，宝贝，好的，我马上停车，好不好？没事的，亲爱的，"我说，"坚持住，坚持住。"

我打开转向灯，在路边停下车。

我爬到后座，正好及时拿到了呕吐盆。

黄绿色的腐臭液体喷涌而出，治疗有许多副作用，这不过是其中一种。

吐完后，他用那双迷人的棕色眼睛看着我，用英式口音说："好了，谢天谢地终于结束了。那真是太可怕了。"

我笑着抚摸他那漂亮的光头，又亲了一下："你真有趣，小家伙，真的，我好爱你。"

"但是，妈妈，我好像要便便了，很快。"他的表情突然变得异常苦恼。

我们没有便盆。我们也曾试过，但失败了，所以我们决定每次他坐车时都要穿纸尿裤，这是我们的秘密。奥利不想让任何人知道，这是他的尊严。

但不知为何，这次我竟忘了给他穿上纸尿裤。我只能暗暗咒骂自己的愚蠢。擦干净呕吐的痕迹后，我保证尽快带他回家。

在我抓住一切机会插队开车时，奥利越来越焦虑了。还有好几公里的路，我知道他快忍不住了。我把车开到为紧急事故预留的内车道，加速超过了几乎静止不动的汽车长龙。

奥利似乎觉得很好玩，开心地朝路过的司机挥着手臂："拜拜，待会儿见。"他咯咯笑着，马上就能到家的消息显然让他振作了起来。

从后视镜中我看到了闪动的灯光——有麻烦了。"见鬼！"我大声道。

奥利责备我说："妈妈，那个词不好。"他皱起了眉头。

"对不起，宝贝，有警察在追我们，我得停车。"

当时我很是惊慌。要是被扣了驾照怎么办？在警官靠近时，我摇下了车窗。

"下午好，女士。你能否告诉我你为什么要在这条车道上行驶？而且，你的时速已超过140公里。"他手上拿着记事本，皱眉看着我，"能出示一下你的驾照吗？"

我紧张地回答说："真对不起，警官，我只想尽快带儿子回家。他病得很重，真对不起。"我又可怜兮兮地补充说："我保证下次不会了。"

"呃，我很抱歉，但是……"他瞄了一眼后座，看到了奥利，立

即顿住了——奥利的样子显然震惊了他。

奥利很瘦很瘦，不到35斤，光头，身上还有放射治疗留下的烧痕，双眼深陷，呈灰白色，样子很是凄惨。

警官再次凑近车窗，显然大为震动，问道："女士，你的孩子叫什么名字？"

"奥利。我们刚从儿童纪念医院回来，他急着上厕所，而我车上没有便盆。"

警官同情地看着我们，然后收起记事本，问道："你要去哪？今天太堵了。"

我困惑地回答说："唐纳斯格罗夫，怎么了？"

他回答道："好的，女士，我会为你和你的孩子祈祷。我来帮你们回家吧。"他微笑着。

我看着他对奥利真切的关心，强忍住了泪水。

警笛嘶鸣，警灯闪烁，这位好心的警察一路把我们送回了家。

奥利一路都兴奋地尖叫着，终于及时赶到厕所，保住了尊严。

晚饭时，我和孩子们分享了这个故事，奥利一直咯咯笑着。

后来奥利又在电话上把这件事告诉彼得，他也欢乐地笑着，和我一样深受感动。

这种偶然的善举使我深受鼓舞，但每当夜幕降临，我总是警惕地爬上床，时刻关注着任何细微的声音，任何可能表明奥利需要我的声音。我会温习一遍当天的生活，为第二天做好准备，为孩子们担心，然后陷入自怜中，继而又为自己这样的行为懊恼。我学会了短暂的睡眠，有时甚至整晚都保持清醒，因为害怕自己会错过任何紧急的突发事件。

在一片混乱中，我会听着婴儿监听器中平静的声音慢慢入睡，我竟从奥利的婴儿时期一直保留着这个监听器。我会在睡梦中听到整晚为奥利喂食的泵送声，那是他唯一的营养来源，然后，又会被奥利出血时古怪的汨汨声惊醒，那是在他的血小板含量降低、血液无法凝固时。

当我把他从床上抱起，汹涌的鼻血会滴在他最爱的泰迪熊和填充玩具上，滴到我身上，以及卫生间的地板上。我会把他放在马桶上，用家庭护士教我的方法夹住他的鼻子。然而每次，血都会倒流进喉咙。他则会恐惧地睁大眼睛，哽咽着吐出巨大的血块，喷溅到我脸上。如果我无法控制出血，就只能再次疯狂地带他冲到急诊室去输血。

我对治疗的各个方面都已了如指掌：它们对全血细胞计数（CBC）的影响、医疗危险的迹象、应有的反应，以及通往急诊室的捷径。一次，我在半夜以超过140公里的时速开着车，奥利躺在后座，大量出血，他的全血细胞计数已经很低。一到医院，我便抱起孩子冲了进去，当我大喊着急需输血时，人们都惊得目瞪口呆，被这血腥的场面吓到了。

随着时间的推移，我的名声已经在住院医生和其他员工那里传开了。当我又一次疯狂地冲进急诊室时，大家都知道我的存在了。

有人问我是谁，我听到急诊室护士的回答："那是蒂布尔斯太太，要小心处理。她有时可能会很苛刻，但你知道吗？她是个很好的母亲，她儿子奥利是最可爱的孩子，四级成神经管细胞瘤。他们经常过来。"

我非常感激，感谢他们理解我们的困难，理解我经常为了保护孩子而做出的疯狂举动。在我感到脆弱的日子里，是他们的善意给了我力量。

我是如何找到力量迎接每一个清晨的？这让我感到震惊，它们从何而来？

生活还在继续，内疚又插入进来。我清楚地发现，随着时间的推移，奥利的治疗仍在继续，我的注意力也越来越集中在他身上，我感到自己忽略了杰西和乔治。

我和两个稍大的孩子坐在一起，告诉他们我很抱歉不能经常和他们在一起。"我希望你们能明白，这不是因为我不爱你们或不想和你们出去玩。你们知道的，对吗？"

他们齐齐点头。

"没事的，妈妈，"杰西说，"我们知道你现在得照顾奥利。"

乔治把头枕在我的肩上："妈妈，他会好起来的，对吧？"

我握了握他的手。"嗯，他现在生病了，而且还需要治疗很长时间，但是，没错，他会好起来的，亲爱的。你们会看到的。他现在经历的一切，生病啊，难受啊，都是正常的。这正是我们预料中的，但他会好起来的。你们知道，如果现在生病的是你们中的任何一个，我也会做同样的事。我爱你们所有人。你们都是我的宝贝。"

他们笑了。

"虽然不能经常这样，但我保证会抽时间单独和你们待在一起，好不好？"

乔治从沙发上爬了下来。"哦，能只有我和你吗，妈妈？我不想杰西和我们在一起。"他开玩笑地说。

"乔治，你这坨便便！"杰西从沙发上跳下来开始追打乔治。

乔治边笑边大叫着："那你就是臭内裤！"

我笑了，谢天谢地，还有些事情没有变。

和彼得在一起的时间也减少了，亲密的时候更是少得可怜。事实上，我们的爱情生活是我现在最不可能想到的事。当然，是因为我有更重要的事需要担心，但我不明白为什么自己没想过在丈夫的怀抱中寻求安慰。起初，我们的关系是一种深沉的爱与激情。为什么我变

了？我们之间发生了什么？

我推开这些问题，伤心地发现这并不是我第一次产生这种想法。它们已经来来回回好几年了。伴随着需求与渴望，熟悉的感觉不停搅扰着我，在迎来母亲和家庭主妇的角色，并将其他一切摈诸门外时，我已几乎遗忘了这些感觉。为什么现在它们又浮出了水面？

我们的距离就是这样开始的。我们还在一起，却慢慢疏远了。我们在同一段旅程中，在同一列火车上，但身处不同的位置。在我看来，我在列车的最前方，和奥利一起在控制室战斗。彼得则远在后方的车厢中，支持我们，想着终有一天能加入我们。我祈祷这一切终会值得，当我们结束这旅程时，终将到达一个快乐的天堂。

一天，我注意到了奥利眼中的变化：闪光。当我望进他的眼睛，看到的不是一个身患重病的孩子常有的呆滞。他那漂亮的棕色眼睛清澈明亮，就像月光下一汪深色的湖泊，让你忍不住想潜入其中。那双眼中生出了一些不同的东西：冷静的智慧，一种不属于这个年纪的隐秘的觉醒。

"看看我的眼睛，妈妈。"他似乎在说，"你没看到吗？"

第五章 艾拉和好心的警察

他正在好起来。

事情正在发生微妙的变化，如果我只关注治疗引起的副作用，就不可能看到这些。他不再只是四处爬动，而是开始偶尔短暂地行走，并且不再疼得直皱眉头。在地板上玩火车套装的他会爬到靠墙的桌边，自己站起来——他已经好几个月没有这样的力气了。他的话也越来越多，还经常咯咯地笑。

看着他又开始和哥哥一起玩耍，我几乎要落下泪来——已经太久没有见到这样的场景了。

我们的餐厅里有一张老橡木桌，孩子们在上面装了一个火车站，还有铁轨、火车，以及一个站着很多人的村庄。地板上，他们用录像带搭了一条临时隧道，很巧妙地放着些汽车和卡车。

在癌症降临前，我对孩子们要求很严。餐厅绝不能用来玩乐。我经常命令他们："别在那里玩，你们会把桌子刮花的！"或者，"小伙子们，小点声！"

奥利会厚脸皮地回嘴："但是，妈妈，我才四岁！"

我再也不担心噪音了。现在我多希望能听到噪音。我甚至迫不及待地想让我的小飞猴把桌子刮花，把毛绒地毯弄脏。

我开心地看着男孩们大声玩闹，艾拉则躲在桌子下面，等着他们扔一个玩具给她。

是的，奥利的眼睛告诉我的比任何话语都多。我潜入这深塘之中，

收到了他的信息。我看到了，我知道。

到目前为止，我们的旅程似乎是一趟单程旅行，就像一列失控的火车正在迅猛飞驰。司机无情而又执着地嘲笑着我们的无能，一边兴致高昂地抽打车轮，一边还挑逗道："宝贝，不要害怕拿镰刀的人。来吧，宝贝，抓着我的手……"

现在，我们的速度减缓了，平静了。我们已经换到了另一条轨道上，我能感觉到。意识到这一明显而美妙的事实，我兴奋得几乎不能自已。

2002 年已接近尾声，奥利的第一个疗程也即将结束，我们又安排了一次核磁共振成像。彼得也将从纽约飞回来和我一起等待结果。

我们在接待处焦急地等着斯图。

穿白大褂的小丑咧嘴笑着跨步从过道走来，一边还对我们竖起了大拇指。他欢快地挥着手中的 X 线照片，说："进来吧，伙计们，我有好消息要告诉你们。"

坐下后，他指着屏幕，将现在的结果和治疗前的图像进行比较。

对比非常明显。奥利的治疗起作用了，肿瘤正在缩小！

这简直就是奇迹，我真想张开双臂拥抱这个好心的小丑，用亲吻将他淹没。

我们知道一切还没结束，还有最后一个阶段的治疗。但那并不重要，奥利正在好转，这就够了。

第五章　艾拉和好心的警察

走出儿童纪念医院时，我们都喜不自禁。

那天的阳光特别明媚，我们的笑容感染了每一个过路的人。

我们的孩子能活下去了。

Ollie Tibbles

第六章　我要成为一列火车

我们有点飘飘然了。奥利的身体状态不错，正和我们所有人分享着斯图的礼物：他重新变回了孩子。此时已是九月，奥利又开始快乐地和哥哥一起坐校车、玩耍了，甚至骑自行车。自从他六月生日时收到这辆小车，它就一直在车库放着，上面已落满了灰。这一切都是上帝的恩赐。

我们幸福地和家人、朋友分享了这个消息。他们的喜悦发自肺腑，从脸上就看得出来。我们感到精神大振。

那是一段快乐的时光，而另一件礼物也正在朝我们走来：一个愿望。

当奥利成为斯图的病人后，我们就被介绍给了愿望成真基金会。在那里，所有身患重病的孩子都可以许一个愿望。基金会每年资助数千名孩子，给挣扎着的孩子和家庭以希望和力量。

布莱恩·墨菲经常来看望奥利，其时他是基金会的一名愿望授予人。他需要尽可能多地了解奥利：他最喜欢的颜色、游戏、食物、糖果，还有他在这个世界上最想做的事。

布莱恩立刻就发现了奥利对火车的热爱。我们家里到处都是火车模型套装，而当他来访时，奥利总是邀请他一起看一部关于火车的电视，通常是《火车头托马斯》，他会一边看，一边大声学火车的轰鸣声。艾拉经常陪在他身边，慵懒地躺在轨道上，对此，奥利总是假装皱起眉头。

我能感觉到布莱恩那颗温暖、善良的灵魂。

奥利在他身边非常自在，经常邀请他一起坐下玩耍，或看奥利最喜欢的火车电视，他有很多这样的碟片。

刚到美国时，我们从英国带来的碟片因为和美国的影碟机不兼容，都不能看，所以只好买了新的。奥利第一次放我们重新买来的《火车头托马斯》时，被托马斯的声音吓到了。

"那不是托马斯！"他愤怒地大喊。

我被他那可爱的恼怒逗乐了。他说得没错。《火车头托马斯》系列电视由英国教士威尔伯特·奥德瑞为孙子所写的故事改编而成，最初的旁白是披头士的林格·斯塔配的音。一个美国人的声音取代了林格柔和的声调，这让奥利极为烦恼。当然，现在他已习惯了不同的口音。

他喜欢的另一个电视剧系列是儿童娱乐界著名的戴夫·胡德主演的。他制作了一大堆类似的节目：《有一辆消防车》《有一架飞机》

《有一辆警车》，等等。奥利是在儿童纪念医院时偶然发现它们的。在电视中，戴夫把自己演成了一个傻瓜，四处闲荡，大搞破坏，在娱乐的同时也教育了孩子。奥利会一遍遍反复地看，对着戴夫愚蠢怪诞的行为哈哈大笑。

就连我和布莱恩，也常常被戴夫及其团队想出的荒唐而又机智的故事逗得忍俊不禁。

在布莱恩谈到愿望这件事时，奥利并没有真正理解他的意思。起初他问是否能要一辆新的玩具火车，或者一套铁轨，或者一辆守车。我们花了不少时间才让奥利真正理解愿望的意思，那是在和冷静、随和的布莱恩见过几面之后。

当奥利最终明白过来时，他惊讶地睁大了他那双棕色的大眼睛。

布莱恩被他的突然醒悟逗乐了，向我眨了眨眼。

奥利难以置信地说："那么，我能做任何我想做的事，是吗，妈妈？去任何地方，像度假那样？甚至去英国看外公外婆也可以吗？"他"腾"地一下从椅子上跳了起来。"去迪士尼乐园也行？"

我点点头："任何你想做的事都可以，亲爱的。"

"你能想到什么事吗？奥利，在这个世界上你最想做的事？就算是你认为不可能的事也行。因为你还是个孩子，我知道。但就算你认为那是大人才能做的事，你也可以说出来，好吗？记住，'愿望成真'的人们拥有特殊的能力。他们能做到任何事，能实现任何愿望。"

布莱恩笑着插了进来："你妈妈说得对，奥利，我们能帮你实现任何愿望。"

他想了一会儿，再次问道："任何事吗？"

"任何事。"

他最后说出的愿望并不出乎我的意料。"我想当一名火车司机。"

布莱恩开口笑了，我则紧紧搂住了奥利。

"当然可以。"看着他的眼睛，我想起自己在他四岁时曾问过的问题，一个所有家长都会问孩子的问题："你长大后想做什么？"

"我要成为一列火车。"

我笑了："你是指要成为火车司机，对吗？"

他把手搭在臀部，像看个疯子一样看着我："不，我想成为一列火车，笨蛋，总有一天我会的。"

在他摇头的同时，我将他揽入双臂，在空中转着圈。"你真是个有趣的小家伙，我爱你！"

他立即在我嘴上响亮地亲了一下。"我也爱你，妈妈，永远。"他用自己的鼻子蹭着我的鼻子，每次亲完后他都会这样做。

而现在，我们正在计划他的愿望，他想成为一名火车司机。好极了。当问到他想驾驶哪种火车时，他说："超级酷的芝加哥通勤客运列车。那种双层的火车，就像我们在英国时乘坐的红色公交车那样的。可以吗，妈妈？可以吗？"他似乎还不相信自己真的可以去开火车。

"当然可以！愿望成真基金会什么都能做到。他们有魔法呢！"

布莱恩高兴极了。"好的，奥利，对此我一点都不感到意外。这非常适合你。我也非常荣幸能帮你实现这个愿望。"他确实非常高兴，开始热情地为实现愿望制订计划，他动情地将之称为"典型的小男孩的梦想"，或许这也曾是他自己孩提时的愿望。

计划非常复杂。我们必须得到芝加哥通勤铁路公司和北柏林顿铁路公司双方的允许。两个公司的代表都为奥利的愿望所感动，竭尽所能来确保所有安排顺利进行。芝加哥通勤铁路公司甚至还根据奥利的体型为他做了一套火车司机的制服。

当他的愿望在铁路界传开后，已经退休的售票员和司机们纷纷要求加入进来，想看看这个和他们一样热爱火车的勇敢的孩子。

我们决定最好就将这个大日子定在奥利结束治疗的那个春天。布莱恩选定了一个日子——2003 年 4 月 5 日，距现在还有六个月。我只希望已经兴奋不已的奥利能等那么久。

我很感谢斯图允许我们暂停治疗一段时间。我希望奥利能休息一下，既为下一轮治疗积蓄能量，同时也能过一段正常的生活。

万圣节即将来临，我们迫不及待地融入了节日的氛围。除了圣诞节，万圣节是奥利最喜欢的节日。我们买了三个南瓜，彼得帮孩子们一起在上面雕刻有趣的东西。

接下来是更多的节日装扮。蜘蛛网、蜘蛛、食尸鬼，还有幽灵般的灯笼，让小区里前来观看恐怖场景的孩子们兴奋不已。奥利裹着他专属的毯子坐在童车里，开心地看着眼前的一切。

这条毯子是邻居朋友们送来的特别礼物。当我们还在伦敦大奥蒙德街医院时，他们就聚集在一起做了这条毯子。毯子装饰着奥利最喜欢的主题，红蓝相间的火车头托马斯，每一块补丁都来自我们认识的一个家庭。上面写满了"我爱你"，有祈祷，有孩子的手印，所有这些都是手工精心缝制。奥利非常喜欢这条毯子，走到哪里都裹着它。

万圣节的晚上，他裹得像个蚕茧一样坐在车库前的车道上，我们在他身边支了几张躺椅。旁边的桌子上放着立体声音响，当然还有一口女巫的大锅，里面放满了为不给糖就捣乱的孩子准备的糖果。

有孩子经过时，奥利就会按下音响上的按钮播放恐怖音乐，看到他们被吓得跳起来就哈哈大笑。

那一年，乔治是蜘蛛侠，杰西是吸血鬼，彼得则是个无聊的臭屁。他没有化装，孩子们失望极了。我扮成了非常逼真的巫医，带着真实的注射器，穿着白大褂，戴着橡胶手套，化着吓人的妆容。

我把那些刚学会走路的孩子吓得紧紧贴在他们妈妈身边。奥利最喜欢这样。

奥利打扮成了哈利·波特。在学校的万圣节游行上，奥利的助理骄傲地推着他的童车向一群欢乐的家人和朋友展示着他的造型。他一直在笑。

到目前为止，我们一直忙于往返儿童纪念医院，以便和奥利学校的员工全面讨论他的治疗问题。我安排了一次会议，与所有到场的工作人员进行面对面的交流。

果然，他们的反应正如我所料。他们汲取了所有信息，并表示完全支持我们。他们希望帮助奥利，以最好的方式为他保留快乐的童年。

由于他的身体还很弱，我解释了什么是正常情况，什么是危险信号，什么是人工血管，应该如何使用，我告诉他们奥利不喜欢别人碰它，又演示了如何抱起他而不碰到人工血管。我还强调当他出去休息时，一定要有人陪伴，如果他出血，请他们立即联系我；但如果他停止了呼吸，就直接打救护电话。

我迫切希望他能被当成普通孩子来对待，他们向我保证会做到这点。他们的关心和照顾给了奥利很大的帮助。知道他喜欢坐校车，他们就帮他和乔治安排了容易上车的位置。虽然只能去几个小时，他还是很喜欢学校。

在这个奇妙的学习场所，某种程度上他似乎已经成了名人。当他和他最喜欢的助理 S 夫人一起穿过走廊去图书馆或电脑室时，他那辆黑色的童车和托马斯帆布背包就是一道熟悉的风景线。

孩子们会笑着向他挥手："嘿，奥利，你好吗？"

他也会冲他们挥手，或做出顽猴似的笑脸。

在我接送奥利时，总是看到去上课的各个年龄的孩子经过他时和他击掌，这让我深受感动。

不同年级的孩子见证了他的勇气与斗争，其中有些孩子他还并不认识。不知不觉中，老师与学生会发现他们正在从一个意想不到的地方学习一门让自己终身受益的课程。

学校的员工和大部分学生都很支持奥利，但正如我们所知，有时孩子也会很残忍。一天，我接到了柳溪小学校长玛丽安娜·圣菲利普的电话。

"蒂布尔斯太太吗？很抱歉，今天早上校车上发生了争执，我不得不禁止乔治坐校车一天。我知道这会给他造成不便，因为他还要照顾奥利，但发生了这种事情我不得不遵循学校的规章。"

乔治？争执？我有点疑惑，因为这可不像乔治。"发生什么事了？他还好吗？奥利呢？"

她解释说有一个新来的男孩，比乔治小一岁，一直在车上嘲笑奥利，辱骂他，挑拨他和乔治，他们多次要求他住口都没用。车上其他的孩子可以证明这点。下车时，男孩还在继续挑衅。乔治突然转身，用海绵宝宝的塑料午餐盒猛地打在他脸上。

我惊呆了，我的孩子们从来都不会用这种方式来表达自己的情绪。这显然不像乔治的性格，但我知道他为什么这样做。

我感谢校长通知我这件事，并表示等乔治回家我会和他谈谈。

当熟悉的黄色巴士停在房前的转角时，我看着乔治小心地帮奥利下车，拿着奥利的帆布背包，牵着他的手，等他一步步、小心翼翼地走下台阶。

我的眼眶湿润了。乔治一直都很照顾他的小弟弟。

当他走进厨房时，我能看出他正在想我会说些什么，是否会责备他。

我怎么忍心呢？他只是站出来面对欺侮，保护自己的弟弟。

我的反应出乎他的意料，我拥抱了他，告诉他，他为奥利挺身而出，这让我感到很骄傲。我又补充说，打人并不是正确的方法，但不管怎样，我爱他，也为他骄傲。

我们都觉得他是个英雄，奥利尤其这样认为。

除了偶尔的输液或到处遭受感染，我们的生活又恢复了正常。许多人视为平凡的每一天在我眼中却正好相反。我开始重新欣赏这一切，这些过去我几乎不曾感觉到的事物，我曾以为理所当然的一切：鸟儿的鸣叫、树叶的沙响、奥利那完美的脚趾、蓝天、陌生人的微笑、夜晚火苗的爆裂声、一杯热可可温暖手掌的感觉，以及孩子们睡下后均匀的呼吸声。好像我的感官又复苏了，眼罩被取下后，我突然又看得见了，这感觉真好。平凡是至高无上的主宰。

第七章　火车日

　　那是 2002 年的圣诞节，奥利一直沉浸在感觉差不多恢复正常的喜悦中。他的快乐也感染了我们，给予了我们力量。我重新找到了活力，不仅开始为圣诞节准备夸张的装饰，还产生了重返工作的念头。

　　我对团体健身的热情始于杰西出生后，这么多年来，我已经获得了各种健身课程的资格证书。为了照顾奥利，我放弃了工作，当时老板说，如果我想回去，给她打电话就可以。后来我们一直保持着定期联系。同事和学员们向我表示出极大的爱与支持，我发现自己很想他们。

　　当他们开始安排我回去教课时，我突然紧张了。并不仅仅是因为已经间隔太久，我还担心自己精力不足。见鬼，我想，抽太多烟了。而且，我又该如何面对他们肯定会问的关于奥利的问题？我迫切希望自己能控制住情绪，不致以混乱的哭诉收场。

我颤抖着走进练习室，迎接我的是一片欢呼声。我的情绪受到了感染，泪水已在眼中打转。

幸好其中一名学员大声喊道："加油，黛比！快开始表演吧。给我们上一节够炫的课！我们都想你了。"

互相拥抱、微笑，随后，我戴上麦克，按下音乐，开始创造奇迹。

那是一次很奇妙的体验。那堂课，学员们教给我的远比我教给他们的多得多。能够重新上课，走出家门，被他们的支持包围，这对我意味着很多很多。无论在精神上还是身体上，暂时忘记这几个月来所受的创伤，对我而言都是莫大的鼓舞。

这对奥利和其他孩子也是件好事。之前我一直在教课，现在重返课堂就代表着恢复常规与稳定，就像奥利回学校上课一样。

有时，当我满心欢喜地拥抱世俗生活时，我几乎忘记了癌症的存在。

常规总是让我们产生一种安稳的错觉。而突然，它又会被一场浩劫取代。

在开始下一阶段的治疗时，另一场顽固的感染对奥利展开了猛烈攻击。他的勇气让我惊讶，而他那无私的善意又是如此谦卑。

当他感觉到我的恐惧时，他会邀请我和他一起坐下，以一个智者的灵魂和我对话。"没事的，妈妈，"他会靠在我的膝上，边说边用蒂基温柔地抚摸着我的手，"没事的，妈妈。"他会呢喃着重复，然

后对我微笑。

他的样子像是知道一些我不知道的事。一个秘密，能让人感到温暖和特别的秘密，一个重要的秘密。而且，似乎他知道就已经足够了，不需要与人分享。

他温和的话语安慰了我。我从不质疑，只全心拥抱它们，并从中汲取力量。

奥利也对生活中简单的细节惊叹不已：他自己在冬天呼出的气流，阳光如何让他眯眼，反射的影子，还有自然界的声音。当兔子在我们院子里蹦跳追逐时，他会开心得咯咯直笑。

我们会一起坐在后院树丛间的秋千上，随着它摆动的节奏哼一段旋律，只有他偶尔提出要求，打断我们的歌谣："高一点，妈妈，再高一点。"

当最后阶段的治疗临近时，我把注意力集中在了之前看到过的核磁共振图像上：正在缩小的肿瘤，恶魔正在被我勇敢的孩子击退。奥利说一切都会好起来的话让我感到安慰。

当奥利的身体再次饱受病魔蹂躏，恐惧再次攫住我的时候，他仍在继续战斗。他会虚弱地笑着，要求去坐火车。

我们会带上一包防备打嗝不期而至的物品。对奥利来说，带上这包东西已经和带一包他最喜欢的薯条一样寻常。

坐火车是奥利最喜欢的消遣，我们经常出现在去往芝加哥和从芝加哥返回的火车上。奥利会和售票员聊天，他们渐渐认识了他，常给他讲不同类型的火车，还让他戴他们的帽子。其中一名售票员说他家后院里有一辆守车，并邀请奥利有机会去看看，这让他既羡慕又感动。而当另一名售票员给他看他地窖里的火车群的照片时，奥利的神情就好像亲眼看到了圣诞老人。

乘客对奥利有不同的反应。有些会在我们走近时转过头去，其他人则或震惊或同情地盯着我们，但当奥利报以微笑时，大部分人也都会友善地微笑。

孩子们会问很多问题，例如，"你为什么没有头发？"

奥利则会回答："因为我得了癌症。"

"什么是癌症？"

"那是一种病，我生病了。"

孩子会耸耸肩，说："哦，好吧。那你叫什么名字？"

他们会开心地聊天，那么的天真烂漫。

这样的情况已发生过很多次，同样，不止一次，孩子的母亲会尴尬地轻声替孩子表示歉意。

"哦，不用这样，没关系的。"我则会笑着这样回答。

有时候奥利只想坐在站台上，在他的童车里，裹着毯子看火车开过。他向乘客们挥手，他们也会挥手回应。

我发现火车确实有一种奇特的魔力。穿着西装的商人或穿着运动衫的旅行者都会向对他们招手的陌生人微笑、挥手。那一刻，他们不再为这一天担心，也不再担心生活和所有的挣扎。那一刻，与他们紧密相连的是另一个人类，而不是日程安排。那一刻，他们只是单纯地与彼此共处。他们并不对这一刻提出疑问，却从中得到了精神上的升华，一如我们。

当奥利要求去坐火车时，我总感觉他是有目的的，但我不知道是什么。就像你无法触到的痒，我想不出他的目的，只知道它就在那里，它是存在的。

我想起一次难得的家庭外出日，我们带他去伊利诺伊联合市参观"托马斯和他的朋友们"展览。和其他孩子一样，他见到火车英雄兴奋不已。我们推着他的童车在博物馆里漫步，从每一节多年前的车厢边走过。他又回到了孩子般入迷的状态，记下我们读给他听的所有关于火车的信息，他的姐姐则在一边录下那天的活动。

现在他的火车日变了，他也变了。尽管空气中透着寒意，我们却沉浸在温暖的静默中，他握着我的手，时间也变得无足轻重。

在那些特别的静谧时刻，我感觉充满了生气，思绪翻飞。我似乎得到了启迪，却又充满愧疚。我像奥利一样欣喜地啜饮着简单的快乐，但同时又为过去竟没有注意到它们而感到歉疚。我为自己曾经的行为感到羞愧：无缘无故地朝我的孩子们吼叫，把丈夫努力赚钱供我们享受的生活方式视为理所当然，允许自我在工作中不断膨胀，忘了什么是真正的教课。我后悔自己在有人向我伸手提出邀请时所表现出的忽视，因为我不想参与其中；后悔自己有时宁愿与朋友们一起作伴，也不想和家人去看一场电影或一起出游；后悔自己没有勇敢地面对我们婚姻的真相，以及我自己的真实想法，却让彼得和所有人都认为我们很好。当我意识到这个问题时，我感到失望，害怕独自前进，害怕失去这幢大房子和那些白色的尖桩篱栅，它们包含着太多的承诺，却困住了我的情感。

那些在站台上的时光，我看见了自己，清晰而丑陋，我想逃回家里那个舒适的世界，将这些不受欢迎的侵入挡在灵魂的门外。

但我不能离开，决定离开时间的是奥利。我想知道他是否也看到了我所看到的一切，感受到了我的感受。他知道我内心最深处的想法吗？

当我们继续穿越治疗的最后一段坎坷旅程时，新年临近了，随着奥利实现愿望的日子越来越近，大家都开始兴奋不已。虽然全血细胞计数显示奥利的身体越来越虚弱，但他的举止却丝毫没有改变。

他会喘着气告诉所有人他的大日子。"我就要成为一名火车司机了，你知道吗？我有一套制服，什么都有。我会出名的，因为我将成为史上最年轻的火车司机。如果你想，你在报纸上就能看到我的消息。"他边说边露出顽猴似的笑脸。

我们都会哈哈大笑，不过他说得没错。当地的媒体不知怎么得到了风声，报社、电视台和广播台的记者经常在唐纳斯格罗夫市市长的陪同下出现。我们其他人都对这些新闻印象深刻，奥利却泰然自若，只轻轻地微笑。

我知道他的愿望在激励着他，支持他，给他力量。

我祈祷我们不会偏离正轨。"上帝啊，如果你能听到的话，让他实现他的愿望吧。求求你，让他的梦想成真吧。"

但另一个潜伏者也在聆听我的祈祷。恶魔狞笑着，不无恶意地改变了轨道。它搓着手，轻蔑地冷笑着，为自己的邪恶惊叹不已。哦，真是干得太绝了，因为我们几乎没有注意到。我们完全没有意识到我们正在朝着一个恐怖的方向发展，冲进那个从未到过的地方后，我们定会愤而想要控制：那是一个我们从未曾想过的地方。

我们一无所知地快乐着，那些缩小的肿瘤图像、儿子的快乐、来自家庭与邻居的爱和支持，还有一个穿白大褂的小丑灌输的希望，蒙蔽了我们的眼睛。

恶魔不怀好意地眨了眨眼。

第八章　杰西和乔治

最近我有点担心。杰西和乔治都没做家庭作业，他们的成绩开始下滑，而且最近总是表现得有点不对劲。

杰西情绪波动频繁，而且总是把自己关在房间里。或许有人会说，这是青春期的正常行为，但杰西是喜欢和我们待在一起的。就算自己房间有电视，她也经常和我们一起在起居室看电影。

她还经常去朋友家过夜。起初，我很高兴她出去睡，因为这样我可以少操点心，而且我知道她会玩得很愉快。但后来，我发现她是因为别的理由才出去的。

一天，她去上学后，我在她的梳妆台上看到了她的日记本。我想读并不是因为想偷窥她的隐私，而是想保护她，理解她。我以前也见到过，但从没有迫切想看一下的欲望。这次不同。这种想法太过强烈，所以我打开日记本读了起来。

"**我讨厌癌症。**"这行字用了粗体强调。

接着是短促的句子，一条条跳到我的眼前：

"为什么这样？"

"**害怕。**"

"**忧伤。**"

"无法和妈妈讲话。"

因为奥利被诊断出另一种感染，家庭出游的计划被束之高阁，我看到杰西在那时写下的简短而愤怒的文字。

"这太不公平了。"

"他这么勇敢。"

"妈妈和爸爸再也不牵手了。"

"**我讨厌癌症。**"

这样的文字在整个页面上咆哮。

我的眼中蓄满了泪水。

杰西会疏远我们的原因就写在这里。她不想一直围绕在奥利身边。亲眼看着他的挣扎让她痛苦万分，而当我需要她帮忙，她却不能逃走时，她又是多么愤怒。

她什么都看得到，而我却没有注意。作为一名家长，我失败了。我感到愧疚，并不是因为侵入了她内心最深处的想法。不是的，我感到惭愧是因为自己没能照顾到她。我把全部精力都放在了照顾她弟弟上，忽略了她，我宝贝的孩子，我亲爱的、漂亮的杰西。我不由得回想起她如何闯入了我们的生活。

当时我们住在伦敦格林威治的一间小公寓里。我们一贫如洗，但很开心，因为彼得刚刚开始新的工作。生活正蒸蒸日上。

我们和朋友庆祝了一晚上。酒精在血管中流淌，我们跑到床上嬉闹起来。虽然我还在服避孕药，杰西却偷偷地钻进了我的子宫。

我还能回忆起两天后醒来时那种奇特的感觉。我的身体仍没有彻底摆脱前几天夜间放纵的副作用，我只知道那肯定不是怀孕。我放上水壶，耸耸肩赶走了思绪，一边提醒自己下次不要把葡萄酒和烈酒混在一起喝，便开始忙着做早餐。打开冰箱时，我发现没鸡蛋了。"见鬼。"

彼得还在床上，我吼了一声我去买鸡蛋，便出门前往商店。

回到家里，我直接冲进卫生间，打开刚买的盒子，拿出一个压舌板似的工具，然后坐到马桶上，又打开水龙头，试图促使自己小便，它来得似乎并不顺畅。我等着，低头看着两腿之间，努力使颤抖的手中那块"压舌板"保持稳定。终于，尿出来了，灰色的十字变成了漂

亮的粉色。

我晃荡着走进卧室，睡眼蒙眬的彼得努力想搞清楚我在他眼前晃动的"压舌板"的意义。

我像只柴郡猫似的咧嘴笑着，骄傲地说："我怀孕了。"

"哦，见鬼。"这就是他的反应。但他最初的震惊很快变成了喜悦。

虽然后来我们遭遇了生活和经济上的混乱，我们还是体味到了为人父母的喜悦。在我们的父母期待着他们的第一个孙儿时，我们也充分享受了家庭的爱与温暖。

怀孕会引起呕吐，但我很享受这个过程。我很快就迷恋上了孩子在体内转动的时刻，在一场筋疲力尽的分娩后，杰西躺在了我的怀中。我的母亲之旅开始了。

杰西的不期而至从很多方面改变了我——作为朋友，作为女儿，作为姐妹，作为母亲，作为一个人的我，都变了。她的出生改变了我的命运。

我回想起我们和杰西一起生活的那些年，想起她在三个月时整晚安睡的那种祥和。虽然她的耳朵总受感染——三个孩子中似乎只有她经历过，但她从不抱怨。她会和她的塑料弹球朋友波帕一起玩，当它被吹起来时，几乎和她一岁的身躯一样大。我们把它放在她身边，看起来就像一个大号的侏儒薇布尔，每次它被按下后都会迅速地恢复，把杰西逗得一阵大笑。

后来，她会学着我的样子涂指甲，或者穿我的高跟鞋。我们很喜欢星期天在公园里骑毛驴、喂松鼠的日子。我还记得她第一次上学时跑得多么兴奋，我必须很努力才跟得上她。

对她来说，搬到美国也是一场奇妙的冒险，她很快就融入了新的生活，凭着她那社交蝴蝶般的性格结交了许多新朋友。

我泪眼蒙眬地合上日记，感觉像是有人将蝴蝶抓进了罐子里。她可怜地扇动着受了伤的翅膀，疲惫不堪，而我则绝望地想放她出来。无助再次将我吞没。

我厌倦了，一切都让我厌倦。事情永远不会结束：该死的创伤，渺茫的未知。前一秒还充满希望，下一刻便成了阴暗的虚无。

接着，便是意料之外的附属品，就像当地教堂里的慈善家们宣称的那样，向上帝祈祷就是对留在门口的蛋糕与《诗篇》的回答。我宁愿扔掉那块蛋糕，扔掉所有的支持，我不想看到背后隐藏的信息：你的孩子就要死了，我在为你做好准备，我在想着你，我们就在这里支持你。

我又打开了日记本。

"我讨厌癌症。"

我和女儿一样。

我合上它，叹了口气。

我再也不会看她的日记了。

我没能注意孩子们看到了多少，听到了多少，而他们都知道。我没有充分意识到他们的洞察力。我本该从他们身上学到更多。他们纯洁、天真，还没有像成人那样被世界蒙上灰尘。

更糟的是，在这个过程中，我还失去了住在自己心中的那个孩子——那个不时在我的耳边、心间祈求着想出来玩耍的静默的存在。像所有成人一样，我会把那个孩子打发到角落里，给他戴上一顶闪亮的傻瓜帽。而杰西，现在还这么小，也正试着这样做。突然，成绩和态度都不重要了，我只希望杰西永远都不会戴上那顶傻瓜帽。

我决定和她谈谈。当然，我不会透露看过她的日记，但我打算弥补她，还有乔治，因为我突然发现乔治的行为也不正常。

校车上的事故预示了乔治的沮丧。和姐姐一样，他也没做家庭作业，而且经常突然表现出一副趾高气扬的态度，这太不像他了。

乔治对待事情的方法和杰西不同。他想尽可能多地陪着弟弟。在奥利身体状况恶化不能上学的日子里，乔治会要求留下来陪他，如果不行，他就装病。

乔治几乎从没有离开过奥利。他们只相差两岁，一直亲密无间。

在奥利被确诊前，他们经常像所有男孩那样，一起恶作剧。

当他们开始共住一个房间时，乔治差不多三岁。睡前故事结束后，熄灯后，我经常听到他们试图偷偷玩耍。我无数次轻手轻脚地爬上楼梯，告诉他们"该睡觉了"，然后笑着听他们的小脚跑过地板爬回床上。打开门，我看到他们紧紧地闭着眼睛，努力保持一动不动。但每次，他们中总有一人会放弃，咯咯地笑出声来。

我能感觉到乔治在怀念那段时光。现在，奥利的健康状况很差，精力也很有限，乔治只想回到过去那些快乐的日子里。

我想起了乔治降临的第一天。

乔治在杰西出生三年后大声尖叫着来到了这个世界。作为一个婴儿，他和镇静、悠闲的杰西截然不同。他不停地哭，有严重的疝气，在开始学步前没有安稳地睡过一个晚上。有时，能让他睡觉的唯一办法是他爸爸把他绑在婴儿座上，开车出去无目的地转悠，无论当时是什么时间。有时我们会给他洗个热水澡，摇晃着让他入睡。

我们一直无法安睡，因为他还有梦魇。我和他爸爸都被吓坏了。他会进入一种出神的状态，满脸惊恐，害怕地尖叫，经常还伴着梦游，

最后是呕吐。我们带他去看了无数次医生，以为他得了什么可怕的疾病。现在回过头去看，这一切真是充满了讽刺。不过，我们了解到梦游和梦魇对孩子来说都是正常的。

某种程度上来说这是有意义的。从他的画和他喜欢的电影中可以看出乔治有着生动的想象力。他的画总是非常复杂，而那部《圣诞夜惊魂》，他看了一遍又一遍，直到现在还是他最喜欢的电影之一。

他出生后，杰西因为多了个小弟弟高兴坏了。她很喜欢帮我照顾他，甚至在他哭叫时也一样。早年，他们住在一个房间，不可思议的是，杰西竟能适应乔治被梦魇吓哭时的那种混乱。她可以一直平静地熟睡。梦魇最终离他而去，我的第一个特别的男孩，还有我们，终于能安睡了。

他在学校很出色，尽管最初让他上学非常艰难。不像他的姐姐，第一次就像跳跳虎一样蹦蹦跳跳地跑进了教室，乔治像条蚂蟥一样粘在我身上，祈求我把他带回家去，随后又开始喊肚子疼。

"妈妈，妈妈，妈妈，我肚子疼，妈妈，肚子疼。"

老师只能小心翼翼地把他从我身上拉开，就像撕一张贴得太久的创可贴。

"不要离开我，妈妈，不要丢下我。"

我边挥手边快乐地对他喊着："我爱你，乔治。玩得开心点，待会儿见了。"随后我便匆匆走了，怕他看到我痛苦的表情。

　　这两个奇妙的孩子是多么不同啊，性格迥异，但他们都在为自己的弟弟痛苦。

　　无论什么时候，只要乔治想和奥利在一起，我都会允许。我打电话给校长，向她解释了情况，希望她能同意。

　　值得感激的是，她同意了，她怜爱地表示理解其重要性。她的声音很温和，不是我已习惯的严肃。仿佛她也知道这样的时间非常短暂，而学校会一直存在。

　　知道杰西和乔治非常需要我们后，我和彼得尽了一切努力留出时间来陪他们。我们动员社区里的朋友，请他们帮忙照看孩子，这样我们就能单独和每个孩子相处。现在彼得不需要经常出差，所以有时他会待在家里，让我和每个孩子单独相处。

　　奥利的健康状态控制着我们的生活，在一起的时间总是难以预料。我们搭乘在一列开往未知的火车上，前一分钟还充满着阳光和欢笑，下一刻就陷入了黑暗和恐惧，不得不拼命坚持。我们尽力以最好的状态行驶在旅途上。

第九章　愿望日

三月初，离奥利的愿望日只剩下几周时间，我们带他去斯图那里开医学证明，以确保在那个特殊日子的活动能顺利进行。奥利几乎忘记了正在进行的检查，兴奋地描述着他将如何驾驶那辆巨大的火车。

斯图假装震惊："哇，真不敢相信！我想之前肯定没有孩子开过火车。你会出名的。"

"我知道。"奥利笑着回答。

虽然奥利还没完成最后阶段的治疗，斯图还是在他的医学证明上签了字。

奥利将会勇敢地完成治疗。虽然他的身体已经非常弱，他却并不退缩。他带着巨大的热情，不停向护士、家人和朋友们讲着同一件事：他的梦想就要成真了，他将成为一名火车司机。

梦想的力量对一个生病的孩子有着怎样神奇的影响啊。我毫不怀疑是这种他一直渴望着的奇妙幻想使他到达了新的高度，让他能在不断接近可怕的前途时仍保持着快乐和力量，而这种前途，我们所有人都未曾料到。

奥利的治疗结束后的第四天，我们又回到了儿童纪念医院的西四区病房。奥利发着高烧，还有腹绞痛。全血细胞计数显示他的中性白细胞减少（白细胞计数为零），这意味着他极可能遭受严重的感染，需要使用抗生素，并住院治疗。他还迫切需要血液和血小板。两者都输入了他的体内，大剂量的抗生素也被注入以对抗感染。而同时，他又再次感染了艰难梭菌。

彼得和我又开始了常规的轮班，一个在家，一个在医院。奥利需要住院三周。终于，当他的全血细胞计数开始上升，并达到一个可接受的程度时，我们得到许可，在斯图和家庭护士莫琳的监管下在家进行医护。

我们知道，要等到计数上升还需要一段时间，以及更多的输血。我们的房间里有一块黑板，记着每天的数据。过去，莫琳差不多每周来一次，帮奥利更衣，并测量脉搏，而现在，她几乎每隔一天就

要过来。和往常一样，每次她都带来大量贴纸和糖果，奥利会虚弱地笑着接受这些礼物。

出院后的第五天，奥利发烧的度数又开始上升，我们再次回到医院，给他输入更多的血液和血小板。我不明白一个孩子怎么会需要这么多血液。我知道通常孩子们能迅速恢复并生成新的细胞，而成人则恢复得较慢。这让我害怕。这是奥利第一次这么快就需要重新输血，随之而来的，是又一次顽固的感染。

我充分体会到了他的痛苦，却只能无助地站在一边，感到异常孤单。在我脑中，我感觉自己似乎就站在铁轨中央，而他的火车正在离我而去，渐渐消失在远方。正如多次在怪异的梦中发生过的那样，我被钉在原地，双脚陷在水泥地中，动弹不得。最后我只能无声地大喊："不要离开我，奥利！"火车沉默着继续前行，最终驶出了我的视线，而魔鬼就在一旁邪恶地揉搓着双手。

我不知道奥利还能承受多少。接踵而至的感染大肆破坏了他的身体，我们都知道，他对化学药剂毒性的承受力正在下降。

但奥利仍在微笑。

虽然直觉告诉我他最终会离开我们，我仍抱着一线希望：或许他就是那个能震惊全球医学界的奇迹儿童。如果有人能创造这个奇迹，我真的相信那就是奥利。

希望和母亲的直觉，是我那爱与痛的战友，我早已熟识它们。如果直觉是对的，那么我希望在奥利离开这个世界前尽可能多地与他共处。在我感到筋疲力尽的日子里，是希望为我增添了能量。

彼得和我讨论了对奥利的担心，我们勇敢的孩子，在过去一年中他是如此坚强地作战，又经受了如此多的折磨。他能好起来，去实现这个他迫切渴望且应得的愿望吗？

"求求你了，上帝，求求你。"我们都默默地乞求着。

我犹豫着提出了彼得一直避而不谈的话题，奥利的寿命。他还能活多久？他是否能活到开火车的那天？

这个困境如此残酷而可怕，几乎无法用语言来表达。即便在我们最恐怖的噩梦中，我们也未曾想过讨论这种话题：我们孩子的死亡。这样的恐惧不言而喻——生活在死亡的威胁中，为其做好准备，就像准备一场即将来临的生日派对。但和生日派对不同，在这个隐约而不可见的日子，没有气球，没有到处跑动、吃下过多蛋糕的孩子，家长也不会抱怨孩子吃了太多甜食会在半夜醒来。哦，多么令人愉快的派对和小担忧！

我在这些绝不想提出的问题间暂停了一下，我以为只要给他点时间思考，彼得就会回答，但他只是静静地坐着摇头，颓丧地垂着肩膀。

我们的战友希望插了进来，显然还不想让我们做好那样不幸的准备，为此我感激不尽。

过了一会儿，彼得开口了："他还有救，黛比，我们还有选择。

他们一直在开发各种治疗方法和新药物。你知道斯图对研究的看法。黛比，他们正在寻找新的想法，而你永远不会知道，其中一种或许就能成功，能彻底杀死肿瘤。他会让所有人看到，奥利就是那个奇迹儿童。"

彼得满怀希望，发誓他愿意为此做任何事。为了救奥利，他想要试尽斯图提出的所有方案。

希望和直觉的拉锯战把我的心扯得生疼，尽管如此，彼得的决心还是给了我力量，让我能摆脱阴暗的想法。

愿望成真基金会的布莱恩·墨菲与我们保持着定期联系，随时向我提供关于愿望日的新情况，以及到时会发生什么。

在和布莱恩谈话时，我表达了自己对奥利健康状况的担忧，怕他到时会无法顺利地完成愿望。他表示理解，强调说，即使那天奥利病得太重也没关系，基金会可以重新安排一个日子。

知道可以改期后我松了口气。我想让奥利也知道这个消息，便告诉了他。

但他很坚定："即使我病得很重，我也想现在就做，可以吗，妈妈？我知道我会没事的。"

我点点头，笑了："好的，宝贝。"

还有两个月就是奥利的七岁生日。在整个治疗过程中，在经历了无数次住院后，他已经获得了远超过年龄的智慧。他的意识、他对事情的感知似乎都在增长，令我生畏。他一直忍耐着，毫不畏惧，他想让我知道这点。

他会把头靠在我的膝上，放松地舒出一大口气对我说："我爱你，妈妈，永远。"他用蒂基抚摸着我的手，一遍遍地告诉我他爱我，一切都会好起来的，让我不必担心。

在那样的时刻，我总感觉是一个成熟的灵魂在与我对话。以这样一种和善与明晰的姿态讲出的话，与一个一年前还在游乐场上跑来跑去的小男孩很不相称。他冷静的觉知让我不安。他表现得太像一个大人了，我渴望他体内的那个孩子能够回来。我的孩子去哪儿了？他那顽猴似的笑脸和调皮的天真去哪儿了？

愿望日的前一天，我看到了一丝天真的回归。兴奋是那天唯一的话题。谢天谢地，在那样的时刻，他终于忘了沉思。

为了击退感染所做的大剂量药物治疗已临近结束，可怕的副作用也已经在减轻。就算状态不佳，他也有力气实现愿望了。这个想法激励着他，对此我深信不疑。

繁琐的准备工作已经完成。我们与愿望成真基金会的布莱恩，以

及芝加哥通勤铁路公司和北柏林顿铁路公司的代表保持着联系，马上就能出发了。

愿望日前几天，布莱恩顺路带来了这两个铁路公司特意做的火车司机制服和帽子。奥利迫不及待地穿上了它们。他热爱这些制服，它们又给了他新的力量。

我们的家人和朋友都穿上了我定制的印有愿望成真标志的 T 恤。T 恤上印的是一个微笑着骑在红色三轮车上的可爱男孩，正按得车铃"叮铃叮铃"地响。下面是一行字：奥利的愿望。2003 年 4 月 5 日，梦想成真的时刻。

我确保定制了足够多的 T 恤给奥利的同学，因为我知道到时全校的人都会出现。4 月 4 日，我去当地的商店拿衣服，并掏出信用卡准备付款。

店主朝我挥了挥手，说："不用了。我的祈祷与你们同在，黛比。我祝奥利能玩得开心。"他又笑着补充道："他进来时，我希望自己能在车站。"

我强忍住泪水，向他表示感谢，并对人性的美惊叹不已。

回到家，我拿出一件 T 恤举起来看。我盯着日期，突然发现了某种巧合，和布莱恩确定日期时我竟然完全没意识到。

2003 年 4 月 5 日是愿望日。奥利的母瘤正好是在一年前去除的，2002 年 4 月 5 日。我笑了，从某种奇特的意义上来说，这正是合适的时间。

愿望日以一辆豪华加长轿车的到来开场，我们被接到芝加哥联合车站，在那里迎接奥利的有芝加哥通勤铁路公司和北柏林顿铁路公司的官员，陪伴他的火车司机，还有检票员，以及想要参与这个男孩梦想的退休售票员。他们都和奥利一样疯狂地热爱火车。

奥利坐在童车里，穿着他的迷你版制服，骄傲地握着火车司机给他的秒表。

"毕竟火车还得准时运行，对吧，奥利？"

奥利咯咯笑着回答："当然！"

上车前，他开心地摆着姿势与火车司机、售票员、北柏林顿铁路公司的官员，以及愿望成真基金会的志愿者合影。那天，火车在最前方专门给家人、朋友和志愿者留出了一节车厢。愿望成真基金会的人员在车厢内外布置了大量气球、彩带和火车图片，这样，当火车驶过时，人们就会知道，一件不同寻常的事正在发生。

这不是专门开通的私人列车，而是常规的区间班车，会在每个车站停车，让每一位上车的乘客共同分享一个男孩的愿望的力量。不知不觉中，这些乘客将收获一份精神的馈赠，在他们既定的常规旅途中得到鼓舞。此后，我们将接收到来自陌生人的信息，他们会被奥利和他的勇气，以及今天满满流淌着的爱所感动。

上车时，彼得抱着奥利。

等着我们的是一个巨大的惊喜。在《有一列火车》中的英雄戴夫·胡德也将参与这场旅行，奥利完全惊呆了，转过头来对我说："是他，妈妈！是他！"真是奇妙的感觉。

彼得和我几天前就知道戴夫也会出现。基金会联系了他，他说他非常荣幸能参与这个梦想。为此，他专程从圣地亚哥飞了过来。

当戴夫第一眼见到奥利时，我看到他被奥利的虚弱惊到了，但他还是大笑着拿出许多零食和奥利打招呼。整个旅途中，他大部分时间都和奥利坐在一起，他们像老朋友一样闲谈，还不时指着窗外。奥利不时发出咯咯的笑声，显然是因为戴夫的 些笑话。当戴夫将他整个系列的《有一……》作为礼物送给奥利时，他开心得几乎合不拢嘴了。

载着愉快的家人和朋友，火车咔嗒咔嗒地滑出市区，向我们的家乡唐纳斯格罗夫驶去。

一切都是如此不同寻常。整趟旅途中，空气里似乎一直弥漫着奇妙的喜悦。在每个车站上，人们都欢呼着挥手，奥利也虚弱地向他们挥手，他的笑容坚强而持久。

奥利的校长、老师和护理也来了，他们轮流过来和他待在一起，并拍照留念。奥利开玩笑说他会变得非常有名，所以他们应该留着照片以后卖给报社，我们听了都笑了。

终于，奥利的愿望时刻就要到了。司机走过来说驾驶室需要他。他向奥利解释说，按照常规程序我们是不能进驾驶室的，但为了他的愿望，他们可以慷慨地暂时打破这一规则。

这是真的。我们从芝加哥通勤铁路处了解到，为了安全，只有司机和火车上的员工才被允许进入驾驶室。但北柏林顿铁路公司的上层为了这件史无前例的大事，已经签发了书面许可。

当奥利、彼得、杰西、乔治、胡德先生和我走进驾驶室时，里面的声音大得几乎震痛了我们的耳朵。我一时有些慌张，怕噪声会让奥利不安。但治疗的副作用已经严重损伤了他的听力，因此，他对此毫不在意。我们都戴上了巨大的耳机来阻隔这些雷鸣般的噪声。

奥利坐在他爸爸的膝盖上，一脸向往地看着眼前闪烁的控制面板。

司机看到奥利的目光始终盯着一个大大的红色按钮，便笑着点头说："按吧！"

奥利紧盯着按钮看了将近一个世纪的时间，似乎在仔细地品味这一时刻。那种感觉就像你只要想到某样东西便会不可遏制地分泌唾液一般。他继续盯着按钮，然后抬头望向巨大的窗户和面前的铁轨。终于，他按下了红色的大按钮。

哦，火车的轰鸣声是多么迷人！

他按了一次又一次，我们则欢呼着鼓励他继续。从后面的车厢里隐隐传来掌声，家人和朋友们已经发现是奥利在掌控驾驶。

在那珍贵的一刻，他所受的折磨和痛苦都不见了。在那单纯的梦想时刻，我的孩子就成了一个正在实践梦想的小男孩。

我们都感觉到了。快乐、祥和与爱织成的温暖面纱包裹了那间小驾驶室里的所有人。我毫不怀疑地相信，那一刻的奥利是我见过的最快乐的奥利。我努力忍住了喜悦的泪水。

驶近唐纳斯格罗夫站时，我们回到了自己的座位上。

奥利虽然已经开始感到疲惫，但仍兴致高昂。

我们已经预料到会看到一大群熟悉的面孔。我们社区的朋友会带着横幅聚集在那里。柳溪小学的孩子会穿着他们的 T 恤，和家人一起迫不及待地等着在火车进站时欢呼。唐纳斯格罗夫市市长也会来迎接我们，站内也会有一大堆人，带着礼物、卡片和火车形的蛋糕。

我们已经想到了这些，但还是彻底被人群的数量震惊了。

当巨大的芝加哥通勤客运列车优雅地驶入车站时，广播中传来所有人都能听到的声音：“从芝加哥联合车站开来的奥利·蒂布尔斯特快列车已经到站！”人群上方闪烁的乘客信息框中也出现了同样的字幕。

熟悉的面孔淹没在这片人海之中，大部分人都从未见过这个孩子，却赶来表示支持和关爱，来分享他的愿望。成为一名火车司机，这是一个男孩的小梦想，这本身就已足够令人动容。有些人握着手绢，轻轻地擦拭着泛起泪光的眼睛。

我抱着奥利走出银色的火车门，他的脑袋靠在我的肩上。

在我们下车走向照相机的咔嚓声和闪光灯中时，人群开始呼喊：
"好样的，奥利！我们爱你，奥利！加油，奥利！"摄影师和记者们
推搡着想抢一个好位置。

我回头看看家人是否在人群中被挤散了，又匆匆扫了一眼愿望成
真基金会的布莱恩，他抬起眉毛，对我咧嘴一笑。我希望他能理解我
的回笑，那是我在默默地表达对他的感激。

火车轰鸣着离开了，我们走进了车站。唐纳斯格罗夫市市长和数
百人正耐心地等着欢迎我们。

我们坐在一张指定的桌子边，人们排着队想要见奥利，给他爱的支
持，并分享这一天的魔力。一些人还带来了礼物，其中大部分都是陌生
人。这些善意，这些对一个小男孩纯粹的关心令人不禁动容，我有些难
以保持镇定了。我们处于一种无比和美的氛围中，我相信，这是在快节
奏的生活中经常被忽略的和美：人性。在那一天，它蓬勃发展着。

过了一会儿，我知道经历了这一整天的大事后，奥利已经筋疲力
尽。当我把他抱在怀中时，他把头依偎在我脖子上，呢喃着："我想
现在回家，妈妈。"

彼得、杰西和乔治也看得出奥利的疲惫，认为我们最好先回家，
在他们回去前先安静地休息一下。他们会留下来招呼来人，与朋友、

陌生人，以及各种媒体人员分享他们在那一天中的经历。

当芝加哥地区最有名的火车司机向他们挥手道别时，人群欢呼着，挥舞着手中的横幅。

奥利平静地躺在沙发上，已经安全地完成了注射。

我帮他盖上那条专属于他的毯子，把蒂基叠好放在他的胳膊下面，又亲了亲他的额头。

他疲惫地凝视着我，说："我出名了。"

"我知道，宝贝。"

"现在我想休息了。我累了，好累好累，妈妈。"

"好的，亲爱的，你可以好好睡一觉。我爱你，宝贝。"

他几乎立刻陷入了沉睡。我希望他梦见了火车，前方是绵延数公里的铁轨，而他则欢快地沿着轨道飞驰，驶往一个充满孩童幻想、充满温暖和阳光的地方，那里没有疾病和痛苦，只有无尽的安宁和快乐，他可以在自己的魔法轨道上快乐地行驶、嬉闹。

之后一周，奥利从感染中恢复得很好，他花了几个小时和哥哥一起开心地玩在愿望日从天而降的那些礼物，其中包括八套新的玩具火车。

他和乔治在我们的楼下装满了火车，想要穿过房间就肯定会碰倒一条隧道，或踩到一列火车、一节轨道或一名举着旗子的售票员。他们甚至还在厨房柜台上搭了车站，并在各个房间来回穿梭，他们的想象力就像脱缰的野马。连艾拉也不得不小心避开那些新造的城镇和车站，当孩子们假装责罚她时，她会发出稍显不快的喵喵声。这一切都美妙极了。

但恶魔时时穿插在快乐的间隙，用它的存在嘲弄着我。我想要专注于好事上，绝望地试图拽回希望，但那熟悉而隐约的存在正越来越清晰，越来越强大，不怀好意地睥睨着我的懦弱，野蛮而毫不怜悯地将这个问题塞进我的脑中：他什么时候会死去？

没人回答。我将没有回应当作一件好事，就好像希望还在，这个令人珍视的朋友前来拜访，徘徊着不想离去。

生活还在继续。黄色的校车来了又走。当漫长的冬天结束、春天来临时，人们也纷纷从冬眠中走了出来。

我们忙碌地准备着乔治即将到来的九岁生日，打算 5 月 1 日在查克芝士举办派对。他自己挑选了邀请函，兴奋地在学校里四处分发。

我们当然希望奥利也能参加，但如果他身体状况不允许，派对也仍将继续，而我会留在家里陪着他。如果出现这种情况，我会为乔治感到抱歉，但同时我又不想他错过这样的聚会。我第一个特别的男孩

完全理解我的心意。

一天，杰西和乔治上学去了，我正在洗衣服，从烘干机中拿出衣服叠好，奥利则在起居室看《蓝色斑点狗》。我能不时听到他在参与他们的游戏："那里！那里有一条线索！"

过了不久，我听到身后一阵响动，回头就看见奥利赤裸着身体向他的厕所爬去，那是我为了控制病菌专门为他准备的。

直到儿子生病我才意识到病菌的力量，意识到它们又是多么容易传播。对奥利来说，简单的一次握手就可能导致一场致命的感染，极其可怕。有时，过来玩的孩子会忘了洗手，我那母亲保护孩子的本能便总会适时插入进来。我会像只猫一样扑过去，抱起孩子，把他们带到厕所消毒擦洗，甚至还要在他们衣服上喷一点来苏尔溶液。家长会大笑，但孩子们其实并不在意我这古怪的英式行为。和所有天真的孩子一样，他们就是能够理解。终于，那些孩子不必再被疯狂的妈妈喷东西了，我贴了一张纸条，上面写着"奥利的厕所——请勿使用。"

当奥利缓慢地爬行时，他的样子就像正在渐渐靠近门边的一具骨架。我的心蓦地一痛，看到他漂亮的小鸡鸡无力地垂着，随着他的爬动前后晃动，双内腔置入中心静脉导管从手臂上垂挂下来。

看着我这漂亮的孩子如今却是瘦骨嶙峋，皮肤上烙满治疗时烫伤的印记，我的心被一种不可思议的力量狠狠捶击着。我像是被钉在了原地，必须用慢动作看着这个珍贵的孩子一生都不可能拥有或经历的一切：当他骑着摩托车或将快车驶入停车道时，车里会传来震耳的音乐，我则会大喊："上帝啊，奥利，你听的都是些什么垃圾啊？"他会去参加派对，打电话来让我们放心，告诉我们他正在回家的路上。他会成为一个有思想的年轻人，懂得关心身边的人。得过癌症的孩子都会变成那样，他也会成为如此独特的一个。初恋时的心花怒放。性意识的觉醒。爱情的喜悦。在一个温暖的夏日晚上拥抱自己喜欢的女孩，他将与之结婚的一生的挚爱。他心中期待的孩子，他将成为一个宠溺孩子的父亲。我想象着他给我一个拥抱，这个和他父亲一样高大英俊的年轻人，他不会因为给妈妈一个吻而感到窘迫。

我看到了一切，而就在那一刻，我明白了他什么都不会有。想到他失去的生活，我的灵魂就像被什么东西残忍地撕扯着，那一刻顿悟的疼痛将我击倒在地。我突然感到无法呼吸，不由得啜泣起来。我拼命忍住尖叫，因为知道奥利就在不远的地方。

我不知道自己是怎样拨通了和我家仅四扇门之隔的朋友的电话："我……需要……你……过来。"

几分钟后，托妮来了，在楼下陪奥利玩。我躲在楼上的厕所里，将脸埋在双手中，被一个我早已知道却一直没有准备好接受的事实击溃了。

奥利将会死去。

不知过了多久，我揩掉鼻涕，抬头看着镜中的自己。我几乎认

不出自己。坐在那里的是另一个人。我感到陌生，好像是在体外看着自己，看着一个不同的我，一个空壳般的我。毫无来由的，童年生活的片段突然闪进脑中，开始飞快地回放。

1976年夏天愉快的回忆。那时的英国热浪层层，我记得和妈妈、妹妹、两个弟弟，还有我们的两条狗，一起在浴池般温暖的海水中游泳。当时我们玩得多开心啊！我们在水边追逐嬉戏，小脚丫浸没在柔软、湿润的沙子中。

我记得妈妈戴了一条七十年代典型的白色头巾，防止头发被紫外线晒伤。我觉得她看起来既迷人又傻气。"我死也不会戴这种头巾的。"我对妹妹凯兹开玩笑说。

我是最大的孩子，妈妈让我周六晚上和她一起看每周的恐怖电影。她会给我做芝士和布兰顿酸黄瓜三明治。电影结束后我会飞奔着跑回床上，因为害怕食尸鬼的手来抓我的脚踝。然后我就和妹妹一起在床上唱歌。

妈妈则会进来命令我们："好了，姑娘们，我想周六的帕拉斯剧院夜晚也关门吧。"

我们会被逗得咯咯直笑。

尽管如此，我对妹妹却总是很刻薄，虽然开关就在我头上，我还是会让她起来关灯。后来她终于忍不了了，就坐在我的头上，放了个屁，非常果断地说："自己关，你这个刻薄鬼！"多年后，当我们重新谈起那段记忆时都笑得快岔了气。

我独自坐在卫生间里，想起了父亲离开的那个悲伤的日子，当时我才五岁。几年后，妈妈嫁给了另一个人，后来才发现那人是个酒鬼。为了保护我们，妈妈会把我们锁在各自的房间里，这样就只有她需要承受他的怒气。要是当时已经有了微波炉该多好，当妈妈挨打，而我躲在毯子下，用枕头捂着耳朵时，晚饭就不会被浪费。

我想起自己遭受的卑鄙折磨。那是一双所谓的朋友的手，它骤然终结了我天真的童年，充满嘲讽地将我拽入成年人的行列。那晚，妈妈出去庆祝她的生日，而平时照看我们的保姆正好没有时间，一位男性朋友便主动提出照看我们。他喜欢喝威士忌。直到今天，我仍然无法忍受那股气味以及它带来的记忆，甚至也无法说出他的名字。

他穿着一件开衫，一件前襟带拉链的毛衣。我年纪最大，在弟弟妹妹们已经上床睡觉后他允许我又多待了一会。当时正放着尤尔·伯连纳出演的《国王与我》。过去我很喜欢那部电影，而现在，我甚至没法看它。

当他拍着自己的膝盖说"黛比，过来坐到我腿上"时，我知道自

己有麻烦了，凭着孩子的直觉我知道有些不对劲，不正常。我告诉他我不想那样，但他坚定地回答："乖，照我说的做。"

当时我十岁，怕妈妈怪我没有听话，就照他说的做了。我一坐上去，他便用开衫包住我，拉上拉链把我裹在里面。我几乎无法呼吸，努力想要摆脱，但这似乎只让事情变得更糟。他大笑着把我拉得更近了。

我停止了扭动。

当时发生的大部分事都已模糊不清，在我一次次祈祷快点结束时，我的大脑自动屏蔽了那些野蛮的记忆。

我的身体会痊愈，但我心理上的伤疤却永远不会消失。

我回想起了一切。

我想起自己的忧伤，因为我从没有真正读懂过父亲，也没有当过爸爸的小女儿。我想起当他毁掉我生命中第二重要的女人——凯莉，我的第二个妈妈，也离开了她时，我有多失望。

我在七岁那年第一眼看到凯莉时就爱上了她。她是爸爸见过的所有女人中唯一真正对他的孩子感兴趣的。每次监护日我们去爸爸那里时，他的其他女朋友都把我们视为累赘，只有凯莉很喜欢和我们共处。有时我们和爸爸一起外出，只有他和我们四个，但大部分时候，我们会跟着爸爸和凯莉在周末或有空的时候到处去玩，我们爱极了那些日子。我们每个人和她的关系都很好，也都动情地将她视为我们的第二个妈妈。四十余年过去了，我们还是这样认为，尽管他们早已分开。

接着我又想起当我打电话告诉爸爸奥利的诊断结果时，他回答说："你给我打电话就是为了告诉我这个吗？"记得当时我无比困惑，又感到很无助，我挂断电话，再次将他挡在我的生活门外。

我抓起一张纸巾擤掉鼻涕，叹了口气。看着镜中的自己，我重新思考起自己的过去，我那四十多年的生活。我想到奥利，我的生命中真诚而又纯洁的馈赠。我想到他很快就要结束的短暂生命，努力忍住想要痛哭的冲动。我盯着眼前的自己，在想：是我不值得拥有这个孩子吗？这就是他受苦的原因吗？这就是他要被带离我身边的原因吗？我做错了什么？

我的童年并不是美丽的童话，但它是我的，我拥有它。它是我命运的一部分，我相信所有轨迹的相交都是有原因的，是那些关系造就了我的生活，即使我不理解它们，即使它们似乎太过残忍。如果没有经历童年赋予的生活，我就不会是现在的我。我可能会朝着完全不同的方向发展，不会遇到已经遇到的人，不会和我选择的这个男人相爱，也不会生下这三个漂亮的孩子。

我也不会有奥利。

我知道自己终将失去他，沉湎在这样的自怜中让我筋疲力尽，我用清水冲洗了一下脸，对钻进孩子脑中的不速之客充满憎恨。

突然，我意识到，这不正是恶魔想要的反应吗。

对孩子的爱推开了恨。我向恶魔发起了挑战。

"好啊，你这个混蛋，你惹错母亲了。是的，你惹错人了。你猜怎么着，你这狗娘养的，你带不走他，我儿子会快乐地死去。"

第十章　我们的"火车"失事了

几天后，杰西和乔治放学回来忙着做家庭作业，我则在准备晚餐。我边在水槽上方吸干煮土豆上的水，一边望着窗外的花园。邻居的孩子在围墙里骑自行车，家长们正在修整草坪，新割的草的清香，从打开的窗户中飘进来。松鼠在我们的露台上追逐，急切地享受着奥利放在外面喂它们的坚果。艾拉伏在厨房边阳光房中的凳子上，竖起耳朵警惕地观察着，一旦松鼠们靠近，她就喵喵叫。

生活正忙碌着。

当收音机送出一曲温和的音乐时，起居室中传来可怕的叫喊声："妈妈！妈妈，奥利出血了！"

我冲进去，看见乔治面如死灰，正惊恐地盯着眼前的场景。

"哦天啊！"我走近奥利，他的汗衫已被染成红色，血从鼻腔中汩汩涌出。

杰西疯狂地想用纸巾止住血，但完全无济于事，她的脸上写满了无助。她泪汪汪地哭喊着："他在流血，妈妈，我止不住它。该怎么办？"

奥利的双眼因恐惧而睁得巨大，他努力想要说话："妈妈！哦，不。帮帮我！"

他的神情充满恐惧和困惑，让我揪心不已。这个孩子最信任他的妈妈，相信她总能知道答案。只要妈妈在，一切都会好起来的。

他的神情似乎在问："我怎么了，妈妈？"但我没有答案。

乔治怔怔地杵在原地，像一尊流泪的雕像。

"乔治，上楼帮我拿一条毛巾，那种大毛巾，知道吗？快，乔治，快！"我命令道。

像是从恍惚中醒过来，乔治迅速冲上楼去。

到处都是血。奥利将它们咽回去，但很快又吐了出来，黏稠的黑色血滴从他红色的嘴巴和牙齿间喷涌出来，溅在杰西和我身上，也溅在家具上。深色的血块落在乳白色的地毯上，我真是疯了，竟然还想着该怎么清除它们。

在杰西试图止住血时，我再次打电话给托妮。"托妮，我需要你过来。我得带奥利去急诊室。他一直在流血。快过来！"我大喊着。

她一定是听出了我声音中的恐惧，几分钟后就到了。

我知道儿童纪念医院是最好的选择，但我怕他撑不到那儿。

托妮叫了几个朋友来照看杰西和乔治，然后以最快的速度开车送我们去撒玛利亚慈善医院，我们当地的医院。我和奥利坐在后座，他仍在不停地流血。

到医院需要十五分钟，而奥利已经出血近三十分钟。他不再讲话，血还在继续流着，仿佛他的生命正在离开，就在我的眼前一点一点地消逝。我不停地和他讲话，想让他保持清醒，但他唯一的回应只是眼睑轻微的翕动，还有从他唇间发出的可怕的汩汩声。很快，翕动停止了，死一般的沉寂笼罩着我们。

我的噩梦开始了。他的身体正在垮掉。

到了医院，医生们看着奥利时震惊而怜悯的表情已经说明了一切。医务人员迅速给他挂上点滴，将他安置好后又测了脉搏，并取样去实验室化验。

托妮本身就是个经验丰富的护士，低声说："他应该去儿童纪念医院。"

我被她的话吓坏了。撒玛利亚慈善医院不是儿科医院。在去过那么多次急诊室后，我敏锐地感觉到发生了非常可怕的事，我真希望自己是叫了一辆救护车直接赶往儿童医院。我为什么没有那样做？他来错地方了。

当出血终于止住时，奥利毫无生气地躺在急诊室里，身上连接着无数的管子和监护仪。

终于，在混乱和恐惧过去后，我抽出时间给彼得打电话，他立即结束工作回来陪我们。

在紧张地等待新消息时，托妮一直陪在我身边。

彼得到达医院后，我们在病房里接到了一个电话。是斯图。"伙计们，我打算把奥利转到儿童纪念医院，好吗？我知道他们正在给他补水，也正在准备医疗措施，但他需要专业仪器。我还会再订一些血液和血小板。我们会让他恢复正常的，好吗？"

我怀疑奥利这样的情况很快就会出现危险，他没有具体讲，我们也没问。

我们麻木地等着转院。

奥利仍在昏迷，但唇间不时发出呻吟声，身上仍连着不同的管子和监护仪。这时，护理人员进来准备将他抬走。

"他总想坐一回开着救护灯和警笛的救护车，"我对司机们说，"但护士说你们不会开，是吗？"

其中一人好心地看了我一眼，递了个眼色："咳，我想她肯定是搞错了。我们当然会为你的孩子打开它们。"

车灯闪烁，警笛嘶鸣，奥利又实现了一个愿望。

到了儿童纪念医院，我们立即被带入重症监护病房隔离起来。奥利的血压正在下降，他仍然昏迷着，对我的呼唤毫无反应。

护士们混乱地聚拢过来，更换输液管，使用更强劲的药物，检查监护仪。她们都在讲着什么，但我听不懂她们的话。

我试图放慢呼吸，保持镇定。

彼得去了卫生间。

毫无预兆的，奥利突然开始剧烈抖动，几乎是在床上跳动，口中发出奇怪的声音，一种可怕的嘎吱声，像是牙齿全部挤在一起，伴随着我从未听过的原始的哭号。我无法相信自己耳闻目睹的一切，一场醒着的噩梦，而我的孩子就是其中的主角。

其中一名护士大声喊道："去找斯图——快！他在抽搐！"

更多的护士冲进来想要控制住局面。

我徘徊在角落里，透过泪眼无助地看着眼前的场景，我做梦也不会想到这样的场景：我那漂亮、破碎的儿子在床上不可控制地抖动着，口中冒出白沫，眼球在眼睑下疯狂地转动。他那瘦小、脆弱的身体受到了全面性强直—阵挛发作的影响，那几分钟就像几个世纪一样漫长。

我注意到蒂基仍握在他手中，随着一阵突如其来的啜泣，我失控了。可怕的痉挛仍在继续，当他的身体被压服时，床单已成了黄棕色，我发现自己正默默地呢喃着："快结束吧，求求你，求求你，保佑他没事。哦，主啊。哦，上帝。这一切何时才会结束？不要走，奥利。宝贝，坚持下去。不要走，宝贝。不是现在，不是在这里。加油，宝贝。加油！"

猛烈的主痉挛结束了。但他仍在轻微地抽搐着，血压正在以可怕的速度下降：65/35，45/15，35/10。

彼得回到房间，被眼前的场景吓坏了。

奥利已不再是他原来的样子。这个瘦得只剩皮包骨头的孩子躺在床上，间歇性地呻吟着。

斯图出现了，脸上的表情非常严肃，我从未见过这样的他。

更多的医生跟进来，挤满了整个房间。

斯图一边看着奥利和监护仪，一边直接用手臂环住我，听护士向他报告痉挛的细节和他现在的状态。

奥利的血压太低，身体无法完成血液循环，他的大脑处于极度缺氧的状态。他的心跳飙升至每分钟近两百下，正竭力为生命而战。他的呼吸不规则地从四十跳到六十，随后猛然下降，接着又突然上升。来了，我们的噩梦突然出现了。我们勇敢的宝贝孩子受到败血性休克的影响，正沉入黑暗的虚无中。

斯图看着我们，说："他的情况不太好。我过一会儿再来和你们谈，好吗？我们得先尽力抢救。"说着他把我们带出了监护室。

重症监护病房由一间间用帘子隔开床位的小隔间组成。尽头是深切治疗病房，奥利就躺在那里：一个带玻璃嵌板的房间，里面有好几台监护仪、一个永远被占用的迷你护士站、各种医疗用品，还有大量无法一一提及的精巧设备。有些是我完全陌生的，让人很不安。

透过窗户我们看到奥利呈"大"字形躺在床上，旁边围着正努力实施抢救的医生和护士。但我们只瞄到一眼，护士就过来拉上了窗帘。

那是 2003 年 4 月 28 日。

我们痛苦地来回踱着。

似乎过了一整个世纪，斯图终于打开门。"嘿，伙计们，我们给他注射了肾上腺素和多巴胺来升高血压。现在它还很低，但我们已经让他稳定下来了。"

我在他那和善的脸上搜寻着，想要看到奥利没事的保证。

他顿了一下，然后接着说道："坦白说，我真的很担心。情况不太好，这正是我所担心的。"他又停住了，我和彼得仔细地听着他说的每一个字。"接下来的四十八小时非常关键。如果他能挺过来……"他微微笑了一下，"我们都知道他是个战士，我们的奥利。如果有人能做到，那就是他。"

三个人都没再讲话，这是必要的沉默。

接着斯图又告诉我们一些事："伙计们，你们必须知道，他也可能挺不过来。我也不想讲这些，但事实是我也不知道结果会怎样。我只知道有些孩子能从败血性休克中挺过来，有些则不能，这点我以前也讲过。你们得试着做好准备，早做安排，以防万一。"这些是我们不想听到的。

这番话说得那样和蔼，但它的结尾却像火车一样撞在我们身上，我

不知道我们还要在这一堆残骸中被困多久，而奥利又是否能成功逃脱。

"我们什么时候能看他？"我泪眼迷蒙地问。

"你们现在就可以过来看他。"

我们洗过手，穿上隔离衣，戴上了口罩。

奥利赤裸着，仍旧呈"大"字形躺在床上。你看不到他的外阴部位，因为整个腹股沟都裹着绷带，两条大腿的上端插满了管子，用来输送维持生命的药剂。另一根管子从插着导尿管的阴茎处引出，连着放在床边用来装尿液的一个大袋子。

他手臂上的双内腔置入中心静脉导管连着一个塑料装置，其中又导出其他管子和一个类似的适配器，给他输入生命所需的液体：生理盐水、血液和血小板。他的手上插着更多的管子，用来输送强效的抗生素，以避免可能的感染，这时遭遇感染会要了他的命。他还必须二十四小时接受儿科全营养液输入。鼻子上插着的管子为他供氧。他的胸前、背后贴满了纱布垫，放着连接各个监护仪的小感应器，迷你显示屏上不停闪动着他的生命迹象：现在还很微弱，但我们一直紧紧盯着，祈祷它们能够升高。

坐在墙角的护士正对着电脑显示屏读取数据。她对我们笑笑，我很感激她没有说话。

彼得和我各自拉了把椅子坐在床的两边，一边轻轻拭掉泪水，一边看着我们的孩子。我们没有讲话，都陷入了沉思。

突然，我警觉地发现蒂基不在奥利身边。我觉得现在他比任何时候都更需要它。运输队在一片混乱中看管我们的包时，蒂基被落下了。我看着彼得说："我得去西四区取他的东西。"

彼得点点头。他能懂。

我不想离开奥利。脑中浮现出可怕的想法：如果他死了怎么办？就在现在，就在我离开的时候，或当我正在电梯里时？但我很快就驱散了这个想法，我无法解释为什么。直觉告诉我不会有事的，什么都不会发生。只是一种感觉，但我就是知道。

离开重症监护病房，我匆匆赶往西四区我们住过的病房。

我在路过的几个护士脸上看到了怜悯，有些温和地对我笑笑，轻轻地拍拍我的肩膀。

"关于奥利的事我很遗憾。"

"祝你好运。"

"坚持住。"

我点点头，也回以微笑。我没有什么可说的。

我拿出来苏尔溶剂罐，在奥利的整个背包上喷了一圈，又单独喷了里面的东西。蒂基已经彻底被血和其他体液染脏。我把它拿到房间外的水槽边，用抗菌皂仔细清洗，这种抗菌皂会让手干燥、发红。冲洗干净后，我把蒂基挂在静脉输液架上晾干。

"好多了，现在蒂基已经干干净净的了，奥利。"我走进重症监

护病房，说，"一会儿就会干，到时你就能拿回它了，好吧？"

我并不期望儿子能够回答，但我知道他能听见，就像母亲腹中的胎儿，虽然不能理解回声般传来的话语，但能听懂摇篮曲，感觉到其中蕴含的爱和真诚，并因此而感到舒适、安全。儿子是否能听到我讲的话并不重要，因为我知道，对他来说，能感觉到母亲讲话的回音就已经足够了。

彼得和我坐在床边，抚摸着他的手，对他讲话。彼得讲起他们一起在西四区的游戏室里度过的快乐时光，他很期待下次他们还能一起做手工。我讲了等夏天到了我们要一起做的事，讲到了泳池，讲到了他要怎样学习游泳，怎样像炮弹一样从跳水板上弹入深水中。我提醒他，他的生日就在六月，到时他可以和哥哥、姐姐，还有朋友们一起去查克芝士参加快乐的派对。

我们打开了他最喜欢的电视，《火车头托马斯》《有一列火车》，还有《海绵宝宝》，我们竟然被逗得哈哈大笑。

我告诉奥利艾拉很想他，每天都会帮他暖床。我们讲了所有的事，默默地祈祷着。我们讲啊，等啊，时间慢慢过去，从几小时到几天，我感激每一刻的到来。希望和我们同在。

有时我会出去抽烟，看着世界在我眼前来来回回，一切都是那样的不真实。我们生活在地狱中，而外面的世界仍在继续，这使得我总是在一些疯狂的噩梦中挣扎。

我将随时可能出现的愤怒发泄在那些过着自己的生活的无辜者身上：我的孩子快要死了，你们怎么还能开心地笑？你们怎么还能大笑？你们怎么能不知道这里发生了什么？你们瞎了吗？

然后我会啜泣着从怒火中清醒过来，为自己嫉妒他们能和快乐、健康的孩子一起快乐、正常地生活感到羞愧。我清楚地意识到，如果我允许这种情绪肆意横行，它将会耗尽我的灵魂，然后，毫无悬念的，恶魔就会胜利。

斯图经常来奥利的房间查看他的病情，每隔几小时，总会有一队医生和护士进来，讨论这个危重病人及其后续治疗。他们会敏感地问我们是否有什么问题，我们总是笑着摇摇头。

我们把发生的事告诉了家人和朋友，但没有把所有的细节告诉杰西和乔治。我不想他们有不必要的担心。我想等确定了再告诉他们。帮忙照看他们的朋友表示理解，答应把这个秘密保守到我们回家，不管到时奥利是否能和我们一起回去。

他的状况仍岌岌可危，而我们仍在等待。

当奥利病危的消息传出后，一些邻居主动提出过来在他的床边祈祷。我拒绝了。这对有些人来说可能是种安慰，但对我和他爸爸而言，却正好相反。于我们，这就好像在他床上竖起了一块大大的霓虹标志："我就要死了。记下我，上帝。"我还没有准备好让他被选定，我对上帝充满了愤怒。我不知道我的孩子受这些苦并最终死去有什么意义，而这死亡，我害怕它正在迫近。

就我所知，上帝根本不在意这些。我想狠狠揍他的脸。当我礼貌地拒绝这些好心人，不想伤害他们的感情时，没有把脑中这些丑陋的念头告诉他人。我知道他们的提议是因为无奈，是对我们的关心。而事实是，我的内心备受煎熬，上一分钟我把所有的怒气都撒在上帝身上，下一刻又虔诚地跪下来祈求他原谅我的愤怒。

我们继续守在床边讲奥利的那些快乐时光：重新见到艾拉和克莱比——他的新宠物；和爸爸一起去钓鱼；驾驶巨大的芝加哥通勤列车，他已经在愿望日实现了这个梦想。告诉他我们多么爱他，为他这个勇敢的小战士感到无比的骄傲。在《火车头托马斯》的背景声音下，我提醒他那些火车上的乘客都在想念那个挥手的小男孩呢，售票员们也期待着他能回去。

整整五天，奥利一直徘徊在死亡的边缘，第六天，希望意外地出现了。

当我握着奥利的手时，他捏了我一下。这细微的动作对我来说却是最强大的力量。当我看到监护仪上出现的小高峰时，我的心开始狂跳不止。他的生命迹象正在加强。

彼得刚出去拿咖啡,我冲出去找他,一边兴奋地朝身边的护士,朝所有人大喊:"他捏了我的手!奥利捏了我的手!"

护士和病人家属都报以微笑和欢呼。

彼得在水槽中扔下咖啡,冲回房间,带着最灿烂的笑容紧紧抱住了我。

我们坐在病床两边看着奥利,接着看向监护仪。屏幕上又闪烁了一下,他的眼睑开始翕动。

他的唇间发出一声呻吟。

"哦天啊,奥利?奥利宝贝?"我连忙抚慰着。

房间里突然挤满了医生和护士,都跟在斯图身后,他的笑容已经咧到了耳根。在斯图和他的团队兴奋地交谈时,我们的注意力完全集中在奥利身上,他睁开了眼睛。

"妈——妈?"

泪水从我的脸颊滚落,我连忙将之擦去,回答道:"是的,宝贝,我在这里。爸爸也在这里。"我紧紧抓着他的小手,亲了亲他的前额。我微笑着默默地感谢上帝。

奥利回来了。

第十一章　充满爱的夏天

奥利脱离了黑暗。他成功地挺过了多数人没能挺过的，震惊了这个医疗团队。医生、护士和实习生们依次进入他的房间，一边狂热地记着笔记，一边公然晃动脑袋盯着这个病得奄奄一息的孩子，而他正坐在床上看《海绵宝宝》，不时发出咯咯的笑声。

在他们讨论这场医学奇迹时，我感谢希望的回归，朝着浩渺的宇宙眨了眨眼。

奥利在2003年乔治生日的前一天回到了我们身边，我一直对此惊叹不已。这只是巧合吗，还是另一个征兆？我的整个生命都在说，是的，这是一个征兆，它有着非凡的意义。奥利是多么无私而又善良，他想出席哥哥的生日派对。

当我打电话告诉孩子们这个好消息时，乔治也回报了这份善意。

"妈妈？奥利不能来的话我就不想办生日派对了，而且我想等他回家再拆礼物。"

我心中对他充满了怜爱。"哦，亲爱的，你确定吗？你真的不想办派对吗？"

"我就是感觉不想办了，妈妈。"接着他又说，"我能把礼物带去医院和奥利一起拆吗？还有蛋糕？"

泪水刺痛了我的双眼。"我去问问斯图。我们可能需要特别许可，不过我感觉应该没问题。"

我能想象出他点头微笑的样子。"嗯，好的。"

我和彼得轮流向杰西和乔治解释奥利的情况：他们过来时会看到怎样的场景，他还要几个礼拜才能回家，我们应该很快就能转到西四区。大部分时候，我们主要是告诉他们奥利很想他们，迫不及待地想看到他们。

得到斯图的允许后，乔治在医院庆祝了生日。看到哥哥姐姐时，奥利立即两眼放光。乔治让奥利拆自己的礼物，我们为乔治唱生日快乐歌，又一起看电视。

我听着三个孩子嬉闹着，不时发出快乐的笑声，不禁在心中默念："谢谢你，上帝，谢谢。"

再次与斯图会面时我们问了很多问题，第一个就是："我们什么时候能回家？"

"从中毒性休克中恢复过来需要一段时间，"他说，"我们得等到他的血压和其他重要指标上升。就算到那时，他也得慢慢放弃使用肾上腺素和多巴胺，直到自身能实现血液循环。"

彼得和我点了点头，专心地听着。

"我会给他用药来对抗抽搐，因为他复发的可能性很高，虽然你们可能根本注意不到。你们也知道，那次主要的发作影响了他的运动能力和某些感官功能。随着时间的推移，它们会有所改善。此外，随着治疗的深入，我们还可以采用物理疗法和助听器来解决他听力受损的问题。"

我们已经发现他的听力受损更严重了，但奥利似乎完全没有对此感到困扰。事实上，正好相反。

如果有人想让奥利听见，他们会大声对他喊话，就像我们在对听力不好的人讲话时常做的那样，露出荒诞的表情，张大嘴，用慢动作讲话。奥利觉得这样非常滑稽好笑，总是捂着嘴想忍住笑。但他每次都会失败，最后总是情不自禁地咯咯笑出声来，让来人尴尬、困惑不已。那样的时光真是美好。

斯图继续说道："他需要持续接受全血和血小板输送，直到全血细胞计数上升。目前他的白细胞计数仍为零，所以我给他用了优保津（按：一种促白细胞生长的基因工程药物）。再过几个星期，只要他不受到感染，你们就能回家了。"说着他露出了微笑。

"现在他的情况怎么样？"彼得问。

我真希望他没问。不要涉及那个问题，彼得。现在不要，还不是时候。现在我只想享受康复的这段时间，奥利回来了，赢得了这场战斗，挺过了这次危机。我不想他再战斗了，我不想他再成为勇敢的小战士。放下武器吧，孩子。该回家了。我只希望他能重新做回正常的孩子。

斯图似乎看穿了我的心思，说："现在我们还是集中精力让他回家吧。我想他可以休息一下，重新当一回孩子，再积聚点力量，之后我们再来谈继续治疗的问题。"他温和的笑容让人安心。

彼得没有继续追问。

两周后，我们搬出重症监护室，回到了西四区。在护士们的欢呼声中，奥利微笑着像皇室一样向她们挥手。

奥利每天都在变强。每一次日出都带来新的希望：全血细胞计数上升、输血次数减少、营养液输送量减少、没有感染、几乎整整一年内第一次有了食欲。在经受了那么多磨难，最后以叩响死神的大门告

终后，他仿佛获得了新生。他柔软的新发就是证明。

终于，六月初，我们愉快地向西四区挥手道别，回到了家中。

在那个最美好的夏天，充满爱的夏天，家人从英国飞来。家里突然挤进六个孩子——分别为三岁、七岁、八岁、九岁、十二岁和十四岁——和八个大人，顿时充满了嘈杂的欢闹和混乱。

奥利告别了肿瘤，告别了各种管子，他开心极了。每一天都像是新的冒险。

但突然，我们被家人从英国带来的一种可怕的疾病击倒了，一个个像苍蝇一样掉落——除了奥利。

我最后一个得病，但病得很重，因为高烧而不得不躺在床上，不停冒汗，几乎吐了一个星期。一年来，我为了照顾奥利总是睡得很少，有时甚至不睡，却从未生病。而现在，他好了，我却病了，我们互换了角色，这种感觉非常奇特。

当家里其他人出门时，奥利会守在我的床边，寸步不离。他会拿着水桶，等我吐空早已空空如也的胃，然后拿去卫生间，倒掉里面的秽物，再拿回来坐下等待。他把从卫生间拿来的冷毛巾敷在我的额头，然后温柔地呢喃着："没事的，妈妈，不要担心。"

他在床边一坐就是好几个小时。在我因发烧而睡得迷迷糊糊时，他一直都在。睁开眼，我就能看到他对我微笑。因为脱水和虚弱，我几乎无力举起手臂抱他，但他似乎能够理解，他会在我身边躺下，用瘦弱得像羽毛一样轻的手臂环在我的胸前，轻声说："我爱你，妈妈，永远。"

那个夏天，当我们拥抱生活与爱的喜悦时，我发誓绝不浪费一分一秒。我要诚心地抓住生活的奇妙与光彩，见证它，并加以细细地品味。我再也不会把倏忽而过的一刻视作理所当然。

那一年，自然也赠予了我们许多珍贵的礼物，其中一件就是一个漫长的夏天，天空清朗，阳光明媚，而且温度适宜。在温暖而又舒适的夜晚，我们可以坐在室外，欣赏大自然的美景。

我们的后院有张吊床，我和奥利曾无数次一起躺在上面，聆听昆虫的嗡鸣和树叶的沙响。一天，在我们打盹时，我感到袖口一阵轻轻的扯动。

"嘘——"奥利朝我的胸口点点头，他放在那里的手上停了一只蝴蝶。这位不速之客全身黑色，轻轻翕动的翅膀上饰有明亮的橙色和黄色。奥利一动不动地享受着这个特殊的时刻。

"真美。"我说。

"嘘——"奥利笑着重复了一遍。

我忠实地照做了，我们和这位不请自来的新朋友一起安静地躺了一会儿，直到奥利轻声说："好了，小家伙，现在飞走吧，飞走吧。"

蝴蝶继续拍动着翅膀，似乎在考虑他的话。

奥利将手举到空中。"现在，飞吧，飞吧。"像是明白了这个指示，蝴蝶离开儿子的手，在空中徘徊几圈后飞走了。

那不仅仅是一个美好的时刻，一个值得珍藏的记忆，它还有着更多的意味。蝴蝶最初的生命形态是条毛毛虫，随后它会找一个地方结蛹。接着，便是奇迹诞生的时刻：它重生了，长出了漂亮的翅膀，虽然生命短暂，它仍不懈地降落在地面的花朵上，为其授粉，注入它的魔力，留下它的印痕。

同样，奥利也正处在结蛹的时期，我们都期待着他光辉的重生。到时，他就会像蝴蝶一样飞翔，传播他的爱，将魔力倾注给他遇到的所有人。

那个充满爱的夏天留下了许多美好的时刻。除了有家人陪伴的几个星期，我们还经常和邻居一起去社区泳池和俱乐部活动。我们参加了孩子们的泳池派对，又临时举办烧烤盛宴，爸爸们喝了太多的啤酒，开始互相拍着对方的背回忆大学时光，完全不顾这些早已是老生常谈。在他们互相打闹的同时，妈妈们则饶有趣味地摇头取笑，一边啜饮着自制的玛格丽塔。不久，音乐响起来了，我们开始在泳池边跳舞，孩子们捂着嘴巴假装没有看到，而少年们则发誓自己永远不会做这种傻事。

社区里有一个传统，那是一种象征着孩子们跨入儿童世界新阶段的仪式，表明他们已经独立了，进而成为泳池的勇士。虽然泳池里有救生员，也提供游泳课程，但有一件事救生员们是不会教授的——那是社区里所有孩子都希望有朝一日能够完成的壮举。他们为此制订计划，悄悄地与兄弟姐妹和朋友们商讨。当爸爸妈妈对他们喊："你还没完成吗？杰米？今天是那个大日子吗？"他们会感到恐惧。

他们通常会这样回答："今天不行，琼斯先生。明天，明天我肯定做。"同时，还有些依赖。孩子们非常害怕这个传统，因此，在进行这项挑战前，他们还要先学习游泳。

这个传统就是加农炮弹。

我们刚到美国时，奥利五岁，整个夏天他都穿着救生衣在泳池里和哥哥姐姐玩耍，当时他还不敢离我和他爸爸太远。我还记得当别的孩子从跳水板上弹起，膝盖抱在下巴前，一边喊着"加农炮弹！"一边落入深水区中时，他是多么羡慕。

当他们"啪"的一声落入水中时，他会为溅到脸上的水花开心地大笑。在杰西和乔治完成这项壮举后，他大声欢呼着，开心地叫嚷着："你们知道的，马上就轮到我了！"

接受治疗的这一年里，他无法去泳池玩。在他身体状况好一点的

时候，我们会推着童车把他带到泳池边，他很喜欢坐在那里看别人玩。由于没有足够的力气大声欢呼，他只能轻轻地鼓掌，然后向他们招手，孩子们则会向他喊："会有这一天的，奥利！总有一天会轮到你的，伙计！"奥利会对他们报以微笑。

那年夏天，我们和整个壮大的家族第一次去了泳池，并给所有孩子都喷了防晒霜，面对六个迫不及待想入水的孩子，这可不是件容易的事。我们打包好冷饮和点心，收拾起各种泳池中的玩具，便出发了。

孩子们迫不及待地冲向泳池，母亲们则在身后齐声喊着："不要在游泳池边乱跑。"我们铺好日光床和毛巾后，便开始忙于过一个无所事事的下午。

我妹妹给她最小的孩子，三岁的里奥穿上浮袋，把他带到水边。

就在这时，他开始尖叫，不想入水。

我们都笑了，引诱他下水的同时也想起几年前，自己的孩子们也都有过这样的反应。

杰西和乔治正骑在泳池浮条上，用水枪朝几个大一点的不想弄湿头发的女孩喷水。

彼得对他们提出严厉警告，但他们只是咯咯笑着，并不买账。

这一幕在美国郊区异常熟悉的场景定格在眼前，我微笑着给奥利穿上救生衣，把腰部的带子系紧。

当我准备把他带去浅水区时，他突然说："妈妈，我想做加农炮弹。"

"什么？"我有点惊讶，"你确定吗，小家伙？"

他从没去过深水区，甚至在我和他爸爸的陪同下也没有。他没有像其他孩子那样，由家长抱着去过那里，那是一种准备，可以让他们感受一下脚下的水，看看自己的脚趾在气泡中扭动，甚至还可能会让他们把脑袋浸入水中。那是一件大事，但并不糟糕，因为他们会一直附在爸爸或妈妈身上，很安全。

我突然感到紧张，他没有接受过预备训练。就算穿着救生衣，他也会坠入深水中。他还那么虚弱。如果他从边缘滑下来了怎么办？如果他的腹部先着水了怎么办？或者像有些孩子那样，因为膝盖没有正确弯曲而发生了偏转，侧面入水？我见到过这种情况导致的红痕，孩子们出来后会做出一副勇敢的表情，咧嘴笑着掩饰强忍住的疼痛。

奥利非常坚决："我想做加农炮弹，妈妈，求你了。"

"好的，宝贝。但你必须让我在泳池里面等着，这样你需要的话我就能抓住你。"

奥利转了转眼珠，叹口气说："哦，好吧。但你不需要抓住我。"他笑了。"我会没事的。"

奥利不需要我们大声劝诱。因为治疗的缘故，他有点平足，走得很慢，看着跳水板，眼中充满了敬畏与欢乐。虽然奥利现在已经

七岁了，但瘦弱的身架让他看起来很小。他没有力气像别的孩子那样爬上去，我就把他抱上了跳水板，然后握住他的手。

奥利受损的听力影响了他的平衡能力，眩晕也时有发生。当他松开我的手时，我很担心他会摔倒。一只蜜蜂绕着他的脑袋嗡嗡作响。委员会里该有人去毁了那只蜜蜂的窝，我气恼地想。

但奥利的脑中想着更重要的事："妈妈，你不是应该去泳池里了吗？"

我用相机拍下这个重要的时刻后才走进泳池，这才注意到整个泳池里已静得出奇。

所有眼睛都注视着奥利。

我大声喊着彼得，他正要冲到泳池中心来和我一起等奥利下水，家人和朋友们欢呼着给奥利鼓劲，打破了沉默。

"耶！奥利！"

"奥利要做加农炮弹了！"

其他人望向我时或许在想，哦，天啊，不会吧。

我在水中上下浮动着等待彼得。

有人调低了收音机，当时正放着卡翠娜与波浪乐团的《走在阳光里》，我最喜欢的一首歌，奇怪的是，也正好适合那个场景。

所有的目光都集中在奥利身上。

他小心翼翼地走向边缘。

谢天谢地，那只蜜蜂终于飞走了。

他朝下看着。

我朝上向他看去。

他笑了。深吸一口气充满整个肺腔后，他以最大的声音喊道："加农炮弹！"

他跳了。

周围响起雷鸣般的掌声和欢呼声。

随着一阵剧烈的撞击声，他落入水中，溅起了满池的水花和涟漪。

孩子们发出一阵赞叹声："哇——噢——"

"好样的，奥利！"

"棒极了，奥利！"

"我们就知道你能行！"

他带着大大的笑脸像海神一样钻出了水面。虽然鼻子上和充满喜悦的大眼睛中都进了水，他却毫不在意，只是急切地宣布自己的成功："我做到了！我做到了！我完成了加农炮弹！"他同时拥抱了我和他爸爸，又补充说："我爱你们，爸爸，妈妈。"他那顽猴似的脸上挂着最开朗的笑容。

整个充满爱的夏天一直弥漫着这种超凡的快乐，家里总是挤满各种朋友，我们看孩子嬉闹，喝到微醺，庆祝这样简单的团聚。

家人在这里住了近两个月，彼得也正好休假。时间似乎变得无足

轻重，我们允许孩子们晚睡，允许他们在朋友家过夜，每天都享受着慵懒的周日上午。

一直生活在这样的幸福状态中，彼得和我的关系又亲近了。如果说有哪段时间能重新联结我们的心灵，那一定就是这段时间，只是我不知道这是否足够。

第十二章　真　相

我想起自己的第一次动心。那时我九岁，她叫莉莉。她长着一双我所见过的最蓝的眼睛，她咯咯的笑声能融化最坚硬的心。我热爱莉莉的一切。她用手指绕头发的样子，她穿着那条她最喜欢的红色圆点裙时可爱极了，她的睫毛长得简直不可思议，她的皮肤又是多么柔软，还有她的气味，新鲜而温暖，就像明媚的春日。只要在她身边，我的心就快乐得想要歌唱。我从未质疑过这种冲动，也没有对此感到奇怪，我只是放任自己的心去它想去的地方。

我喜欢男孩子。我喜欢和他们一起玩，他们让我感到自在。我有点像个假小子，相比于闷在家里我更喜欢去外面玩。我骑车去街道尽头的森林，去爬树，少年时还从妈妈的包里偷抽了第一根烟——这些都是和男孩子们一起做的。

直到我的邻居和朋友汤米试图吻我时，我退缩了，这时我才开始

感到奇怪。

汤米是所有女孩都渴慕并不断谈论的男孩。对于十四岁的年纪，他长得很高，有一头又长又黑的卷发，棕色的眼睛看起来近乎黑色，左颊上长着一颗痣，女孩们都断言那是美人痣。总之，他帅极了。

杰玛是我为数不多的女伴之一，她就疯狂地迷恋着汤米。当我告诉她所发生的事时，她简直嫉妒坏了，完全无法理解我为什么不喜欢他。

"但我喜欢他啊，"我说，"就是，呃，好吧，他不是我喜欢的类型，就这样。"

杰玛被弄糊涂了。

我说的都是真话，我确实喜欢汤米。他是我的朋友。

但我知道事情并不只是这样。我之所以知道，是因为如果我想象是汤米的姐姐吻我，我就会有一种完全不同的感觉，我的心中会涌起一种久久无法褪去的激荡。

渐渐长大后，我会和妹妹想象我们将与之结婚的男人，我们会生几个孩子，典型的姐妹间的话题。我很想和她分享我的感觉，但我怕她会不理解，会认为我很古怪。

我们的家教非常严格，曾有一段时间是妈妈独自艰难地抚养着四个孩子。作为长女，我自然应该帮忙。我每天都做家务，甚至周末也要做家务，而妈妈则以一种近乎恐怖的纪律管制着整个家庭。妹妹年纪最小，经常讨好宠爱她的妈妈。

事实是，我不敢告诉妹妹，怕她会告诉妈妈，那样，我就会因为不正常而被送去教养院。

我的双胞胎弟弟史蒂夫十七岁时就遭遇了这样的处置。只不过他不是被送去什么特殊学校，而是英国军队。许多家长都会把他们年轻的儿子送去那里，这些男孩要么是成绩不好，无法找到体面的工作，要么就是有某些问题。"送他们去军队，这能解决他们的问题。"他们会这样说。

讽刺的是，我那公开喜欢同性的弟弟史蒂夫在军队过得非常快活，事实上，他还在那里遇到了他的初恋。他一直是个爱国主义者，热爱君主制，以一名近卫步兵的身份彻底投入了军队生活，服役数年。他甚至享受在白金汉宫的时光，他在那里站岗，游客们会过来拍照，试图逗他讲话或发笑。在守卫女王陛下时，这些都是不被允许的，而他确实一直保持着荣耀。

我们小时候在英国乡村长大时，人们还不习惯公开谈论像情绪和感情这种东西。家里的一些人，以及当地社区的大部分人都在多年以后才肯接受弟弟的倾向。

我虽然敬佩他的勇敢，却没有他那样的勇气，而只能藏起自己真正的情感。

我知道男人无法吸引自己，但我也知道自己想要孩子。我想要体

验怀孕的感觉，我不知道自己是否还有机会。无法实现这个愿望的悲伤让我更加焦虑。

随着时间的推移，我成了一个演技高超的"演员"。我努力说服自己我可以交男朋友。毕竟，这就是他们对我的期望，事情本该如此，我也不想让家人失望。

我开始了各种各样的交往，与男孩约会，带他们见家人。妈妈总是热情地宣称："哦，他很可爱，黛比。""天，天啊，太帅了！""上帝啊，他在英国皇家空军服役！"马上就将外孙绕膝的想法让她兴奋不已，我怎么忍心浇灭她的希望？

在和男人们约会的同时，我还有一个秘密。家里唯一知道这件事的弟弟史蒂夫，可以带我去那些能让我找到同类的地方。

在我和男人约会的那几年里，我的家人从没问过为什么我就是无法安定下来。

猜测仍在继续，直到发生了一件意料之外的事。

一群工作中认识的女朋友邀请我去俱乐部玩。

起初我说："不，我工作累了，你们还是自己去吧。我要早点回家睡觉。"

但她们一直纠缠着，我不得不勉强同意。

我心不在焉地装扮好后便出发去俱乐部和女孩们见面。

我首先注意到的是他很漂亮。一头略透着金黄的棕色头发像电影

《周末夜狂欢》中的约翰·特拉沃尔塔一样向后梳拢，笑容让整张脸都熠熠生辉。他支在吧台上，和几个倾慕地盯着他的女孩闲聊着，尽管他似乎完全不在意这些人。他身高一米八多，穿着紧身牛仔裤和衬衫，就像刚从 T 型台上下来一般。

我发现自己正盯着他的胯部，赶紧转移视线，但他已经发现我了。更糟的是，他看到我在看什么了。

他咧嘴笑了。

我走到同事们的桌前，问："那是谁？"

"哦，那是彼得。彼得·蒂布尔斯，是不是很帅？"

那晚，我邀请他跳舞。接下来的几周中，我发现自己恋爱了。热情、无望、鲁莽而又神奇地恋爱了。

我带他去见我的父母，当我炫耀自己的新情人时再也不用演戏了。我也期待着见他的家人，并愉快地成了其中的一员。

当我幸福地望进他的双眼时，我看到了我们即将出世的孩子。我收拾好自己过去的生活，想象它从未发生过。我几乎做到了。我对这个男人充满了热情，以至于我以为自己过去的那些感觉已经成为过去。它们必须成为过去，不是吗？

彼得和我的爱持续了很久。我们结婚，然后有了孩子。我尽情投入到作为一名母亲的生活中，体会这种新的爱，这种与众不同的爱。我成了一名幸福的妈妈，把我的丈夫、我的生活都视为理所当然，以

为这样的快乐会一直持续下去。

但现在，肿瘤出现了，经历了所有这些事情后，我又开始质疑。当我看着我们的孩子勇敢地接受治疗，做加农炮弹，我为自己过去的谎言和虚伪感到羞耻，这种羞耻一直缠绕着我，挥之不去。

当倒带的按钮启动，我的脑中开始播放过去的记忆，我不知道自己和彼得之间会如何发展。我们能一起按下播放键吗？我知道彼得希望我们能。

当我们的孩子欢乐地拥抱着每一天，纯粹活着的快乐感染着我们，让我们感受到生命的珍贵，让我们明白一切都有可能。

对我来说，这就足够了。

家人准备回英国了，带着足够回味一生的珍贵记忆：泳池边的日子、烧烤晚会、查克芝士、布鲁克菲尔德动物园、被铁轨绊倒，还有嘲笑爷爷的大耳朵。他们小心地收拾起手工制作的卡片，上面用闪光胶写着"我爱你"。我们还找到了几乎被遗忘的家庭录像，尤其是一卷去沃尔伯斯威克看望爷爷奶奶时的录影，我们亲切地称它为"沃伯利·威客"。

沃尔伯斯威克是英国一个历史悠久的村庄，几乎从未改变，有着传承数百年的传统，比如你在街上遇到的绅士，他们会侧帽向你致意。那是一个所有人都知道你名字的地方，那儿的人每天都聚集在当地的酒馆，喝下一瓶啤酒，互相交流当地的八卦。在那里，你还能看到一个骑自行车的小伙子挨家挨户为人们递送杂货。那真是一个好地方，远离伦敦的喧嚣和忙碌。

视频是在我去妹妹家度周末，彼得带孩子们去和爷爷奶奶共度一段时间时拍的。他们去放了风筝，那是他们最喜欢的娱乐之一。

风筝在那个起风的日子里飞得很高。孩子们快乐地大叫着，自由地奔跑在绵延起伏的沙丘上。

背景声音是彼得大声的鼓励："干得好，乔治！就是这样；拉紧风筝线。"

随后镜头切换到了他坐在沙地上的场景，奥利就坐在他两腿之间。因为是彼得拿着相机在向下拍，所以，从视频上我们只能看到奥利的下半身和彼得的腿。

"你累不累，小家伙？"彼得问，"准备好回爷爷奶奶家了吗？"

奥利的双手更紧地搂住了爸爸。"还不想，爸爸。我想和你在这里再待一会儿。我爱你，爸爸。"

"好的，小家伙。我也爱你。"

接着，背景中便只剩下了呼呼的风声，爱的沉默被永远保留了下

来，时间已不再重要。

我们又看了其他的家庭录像，从前几年的圣诞节一直到在格林威治公园喂松鼠。当看到杰西因为有个男孩喂了她的松鼠而大发脾气时，我们都笑了，视频中的她愤怒地踢翻婴儿车，然后跺着脚趾高气扬地走了。

在这些重新播放的回忆中，在这几个月的所有家庭活动中，我们也有过什么都没做的时候——那是最美的时刻。

我不想结束这样的时光，当夏季即将过去，我紧张地想知道秋季会带来什么。

新学年就要开始了，孩子们兴奋地准备着。和往常一样，我们带他们去学校查看新的班级，了解有哪些孩子和他们同班。

各个年级的孩子和家长喧闹着挤在校门处，查看贴在门上的班级名单。当奥利靠近时，一大群孩子开始向他挥手并欢呼："欢迎回来，奥利！"由孩子组成的人海散开了，为奥利让出一条前进的道路。

奥利羞怯地笑着，伸出手和孩子们击掌，有些孩子则轻拍他的后背。有些我甚至都不认识的家长微笑着朝我点头。其他人则用语言表达着欢迎："嘿，奥利！你还好吗？你看起来棒极了。见到你真是太好了。"或者"你回来真是太好了，奥利。你看起来很不错。很期待回学校吧，伙计？"

奥利笑了："是的，我都等不及了！"

上学的日子按照常规开场：在吐司或煎蛋上涂酵母酱，准备好背包。当《亚瑟王》的第二集结束时，男孩们便出门去校车站，校车站就在离家仅几米远的转角处。

今年的唯一区别，就是杰西要到街道对面等另一辆校车去杰斐逊初中。

"杰西，快点！再不下来你就要错过校车了！"在我向楼上喊了无数次后，她终于打扮好了。

她气喘吁吁地出现在楼梯最上一级，问道："这样行吗？还是你觉得白色的上衣更好看些？"她站在原地像个模特般转了一圈。

我在脑中说"哦，上帝啊"，嘴上却说："我觉得这套很漂亮，杰西。你一定会把他们都迷倒的！现在动作快点！"

孩子们在等车时，我就从窗户里望着。我答应过男孩们，校车过来时我要和往常一样到门廊上跟他们挥手告别，直到校车消失不见。

校车站旁边的拐弯处有一块大石头，表面光滑得可以坐人。这是普兰蒂斯溪流社区的孩子们另两个传统的所在地。离大石块几米远的地方有一棵树。历史上，所有小学阶段在那个校车站等车的孩子都爬过那棵树，高高地站上过那块石头。所有孩子，除了奥利。

看着杰西的新装扮、新发型，还有新背包，我欣慰地笑了。我知道她定会度过愉快的一天。我的目光穿过街道，望向对面的男孩们。乔治站在石块上，背包随意地扔在树上。奥利站在下方的平地上，一脸崇拜地仰望着哥哥。

周围的其他孩子正在玩追逐游戏，因为太过激烈而绊倒在地上，擦破了膝盖。女孩们不停地闲聊着，完全没有意识到即将发生的事。

我看见自己的大儿子牵起弟弟的手，把他拉上石块，我的眼睛湿润了，下意识地深吸了几口气。他们肩并肩高高地站着，奥利的脸上挂着我所见过的最灿烂、最骄傲的笑容。

几天后，乔治帮助他弟弟完成了普兰蒂斯溪流社区的又一项传统，而我是唯一没有向孩子们喊"快从树上下来！"的家长。

校园生活回归主导后我们又开始了常规的生活流程：做家庭作业、参加课后活动、和新朋友相处。奥利比谁都热情地追求这些。

虽然已经不再接受治疗，但奥利仍必须忍受其影响，其中之一就是暂时性失忆，这是成神经管细胞瘤的一个典型影响。例如，当我叫奥利去冰箱里拿牛奶、黄油和鸡蛋时，他会忘记黄油。由于这种暂时性失忆，奥利在学校里不得不更加努力。

开学前我就和校长见面讨论了奥利将来的教育问题，校方最终决定保留他在学校里的助理，为他提供支持。如果我们需要，他们也可以提供额外的家庭辅导。

学校不知疲倦地为我们提供着帮助。为了克服他的学习问题，所有内容都必须记录下来，不断地重复、重复、再重复。过去，他只需要十分钟来准备一场十个单词的测验，现在却需要一个小时左右。不管多累，他都努力坚持着，而且从不抱怨。

斯图曾告诉我他以前也有一个病人遇到过这种困难，但在家人和校方的帮助下克服了。这名病人在以优良的成绩毕业后还上了大学，现在正致力于帮助有同样困难的儿童在学术生涯上一步步高攀，无论他们遇到什么挫折，都给予他们对于未来的希望。

这些不幸影响了一个孩子的正常生活，而斯图对这种影响的反应方式让我很喜欢。我很赞赏他这种简单的态度。"没事的，黛比，如果奥利在得癌症前是得 A 的学生，他现在也不过是成为得 B 或 C 的学生。"他笑着说。

在被告知真相后，好成绩不再显得那么重要了。

奥利的医疗护理仍需继续，接下去的十到十五年中他还要做核磁共振成像，以监控可能再生的肿瘤。器官功能仍需要做定期检查，而且他绝对需要一个助听器。我在心里提醒自己要赶快预约。

奥利做第一次六星期核磁共振成像的日子就快到了。当然，我们有点焦虑，但并不过度担心。他一直精力充沛，而且表现得很好，热

爱学校里的每一分钟，期待着万圣节。

同时，我也每天都在健身课上积极地唱歌、跳舞。

充满爱的夏天一直延续到了秋季，我们的心中也充满了希望。

第十三章　过山车

记得那种感觉吗？那种从过山车上俯冲下去时胃里天翻地覆的刺激感？作为成年人，我们总是看到事情最坏的一面。我们想象螺丝会松动。我们想象着那个维修工的样子——蓬头垢面，好像刚熬完通宵，情绪低落，低声咒骂着——我们的心中充满恐惧，想知道他是否对机器进行了安全检查。但对孩子来说，唯一的体会就是纯粹的兴奋。他们毫无保留地信任一切，总是快乐地尖叫着："再来一次！我们再玩一次吧！"

在英国，离我成长的地方不远处有一个叫"梦幻王国"的地方，一个破旧的游乐场，但设备齐全，有碰碰车、旋转木马，还有一个镜子迷宫，比荒废的幽灵过山车更可怕。主持这个游乐场的男孩们像詹姆斯·迪恩一样趾高气扬地走在专用通道上，香烟松松地夹在唇间，女孩们则咯咯笑着。

整个游乐场最精彩的明星是旧的木制过山车。它的目的就是让你吐个痛快。

唯一能在惊险度上与之抗衡的是旋转游戏车，在那里，同样的一些青年男孩们会选中几个幸运女孩的车子，在它们开始旋转时站上车顶。旋转游戏车的问题是你必须忍住恶心，抑制住呕吐的冲动。我通常对这个旋转游戏车敬而远之，只要想到它们我就会忍不住想要呕吐。

在充满爱的夏天后，秋季快要结束时，我接到学校秘书的一个电话，让我的心嗖地一下沉到了谷底。我几乎没有听到电话中抱歉的话语，只感到自己在不停地下沉，下沉。突然我好像又回到了旋转游戏车上，拼命地努力坚持着，但霓虹灯上闪烁的却不是"梦幻王国"，而是诡异的"头痛"。

"蒂布尔斯太太？"电话另一头的声音将我拉回了现实。

"对不起，"我结结巴巴地说，"好的，没事。我去接他。"

我呆站了一会，想起周日爸爸来例行探视时我们总是唱着一首歌出发。"十个绿瓶子……"或者"有个老婆婆，她吞了一只苍蝇。我不知道她为什么吞苍蝇。或许她会死翘翘。她吞下苍蝇想抓住肚子里扭动、抓痒的小蜘蛛。或许她会死翘翘。"不管唱了多少次，我们从未感到厌烦。

我站在梦幻王国中，想起自己拉着父亲的手，敬畏地抬头看着过山车，另一只手上拿着棉花糖，口中是黏稠的快乐。我从不害怕过山车。它有种强大的力量，带我踏上神奇的旅途，脱离那满是创伤的童年生活。它蕴含着希望。

我努力振作起来，驱车向学校驶去，广播中偶尔传出的歌声让我强忍住了泪水。

我走进医务室。

秘书小姐给了我一个同情的微笑。

奥利紧抓着脑袋躺着，还在不停哭泣。

有人按下了我生命中的倒带按钮。

旋转游戏车在飞快地转动，我拼命坚持着。

回到家，我给奥利喂了药，然后和他一起躺在沙发上。我知道他会睡上好几个小时，就把他移到了床上，然后独自走下楼来。

站在厨房的水槽前，我呆呆地望着窗外晃动的秋千。终于，我深吸一口气，走进了储藏室，这是我储存罐头、包装纸、袋子和一般零碎物品的地方。六月初，我把婴儿监听器收在了这里。现在，我又重新拿出监听器和外部设备，走上楼，安静地把它装回了原处。

我坐在奥利的床边看着他睡觉。如此安详，如此健康。望着我漂亮的孩子，我并不为自己感到哀伤，我只为他感到愤怒。他永远无法享受生命中那么多的精彩，但他比任何人都更值得拥有那一切。奇怪的是怒气让我默默许下了一个新的承诺。为了履行这个承诺，我将不惜一切。为了这个承诺，我愿意拿婚姻，拿我的一切去冒险。这是现在唯一重要的事。

奥利不能再受苦了。

他会坐上那样强大、承载着那么多希望的过山车。他将快乐地呼喊，冲向一个奇幻的世界，在那里什么都有可能，一切都不再改变；在那里，美、快乐，还有和平，都将是永恒的。

我唯一需要做的就是说服彼得，我想他并不了解过山车。

第二天，奥利和往常一样一大早就精神满满地醒了。我在厨房里听见他小心翼翼地走下楼梯。我知道他要做什么。我站在厨房的水槽前，透过窗户望着我们的后花园，一边哼起了曲子。在他蹑手蹑脚走进厨房时，我完全能想象到他的坏笑。

他突然喊道："啊呜！抓住你了！"

当他抓住我的手腕时，我假装被吓得跳了起来："哦！你可把我吓坏了，你这小顽猴！"我抱起咯咯笑着的儿子，在空中转圈。

前一天的插曲显然已经被抛诸脑后，他又充满了活力。

"那么，要来点早餐吗，小家伙？"

他点头道："今天我想吃点煎蛋，妈妈，我还能再要点番茄酱吗？"

我把他放下来，说："当然可以，我再给你准备点果汁，怎么样？"

"好的，妈妈。"他走进起居室，打开电视，坐下来看起了《超级红卜卜》。

做早饭时，我能听到杰西和乔治正在楼上乒乒乓乓地准备起床。

想着昨天发生的事，我不知道自己接下来该怎么办。首先我得和斯图谈谈。

在挥别孩子们后，我拨通了电话，把前一天发生的事告诉了斯图。

我发誓，在他严肃地讲话时我能感觉到他的心沉了下来。"好的，我们先来做个核磁共振成像，看看情况如何。他今天怎样？"

我诚实地回答说："哦，他今天好极了，你知道。完全恢复了正常，已经去学校了，但是——"我踌躇了一下，"好吧，你知道，斯图，我就是有那种感觉。我希望自己的感觉是错的。"

斯图停顿了片刻，温和地说："我必须告诉你，你的直觉一直是对的。我希望不是那样，但我内心的感觉和你一样。我先来预定准备做核磁共振吧，到时我们再来详谈，好吗？"

我轻声说"好的"，然后挂断了电话。

我立刻又给远在英国的妹妹凯兹打去电话。我完全没有心思闲聊，直截了当地说："凯兹，是奥利，肿瘤又回来了。"

说实话，她能说什么呢？上一分钟，她可能刚做好晚饭，一边想着"哦，我得赶紧去干洗店取我的夹克"，一边吼着让孩子们不要在家具上乱跳，这时电话响了，她的姐姐声音有点古怪，告诉她她的外甥又病了。只是她知道这不仅仅是生病。除了难过她还能说什么呢？而当她知道那些话背后的所有恐惧时，这一句难过又显得多么微不足道。于是，她说了一句寓意丰富得多的话："黛比，我爱你。"

然后，我们都哭了。

彼得崩溃了，但仍不肯放弃希望。他告诉我洛杉矶有一种治疗设施，那些人只要将手交叉放在别人身上就能治愈他们。

那一刻，我既想笑，又想哭。一方面，我想去试试，但我一想到这点，内心就有个声音轻声说，不。彼得会觉得这个声音很傻吗，就像我看那些治疗的手一样？

当我想象我们就这种声音和治疗的手进行的对话，或者说争执时，我忍不住歇斯底里地大笑起来。

我知道那个声音不是在犯傻。

我知道他很绝望。

我希望他能听到那个声音。

我们达成了一致，决定等核磁共振成像结束后再告诉孩子和家人，我们还想细细品味那残留的幸福。

那晚我在给奥利放洗澡水时，杰西正在自己房里用手机和朋友闲聊，奥利和乔治则在起居室里一边组装火车模型，一边看着奥利最喜

欢的电影《托马斯和神奇铁路》，亚力克·鲍德温扮演的售票员动作
滑稽，逗得他们咯咯直乐。

"奥利，洗澡水好了！快过来，小家伙！"

我听见他让乔治等他回来再继续组装，随后一边噔噔噔跑上楼梯，
一边喊着："我喜欢的玩具都放进浴缸了吗？"

"当然啦！"

趁他脱衣服的时候，我又试了试水温，以防太烫。

浴缸里有他最喜欢的玩具汽车和火车，一条嘴里咬着半个人
的鲨鱼，还有橡胶鸭子，他一爬进去就快活地玩了起来。他摆弄
着那一堆针筒、用过的肝素和生理盐水注射器，把它们当成简易
水枪，对着我和天花板一通乱射，又用肥皂泡把自己抹得像个圣
诞老人。

突然，他冷不丁问道："妈妈，我又病了，是吗？"

这个问题让我有些措手不及。

他大大的棕色眼睛看着我，双手安静地放在膝上，任由玩具漂浮
在浴缸里。

我真不想回答，却又不得不说。我蹲到他面前，抚摸着他的脸
颊，怔怔地盯着他脑袋上残留的肥皂泡。"是的，宝贝，有些瘤又
长出来了。"

一阵沉默。"又要往我身体里插管子吗？"他问。

我亲了亲他的鼻子，恨透了这场对话。看他光着身子，天真无比的样子，我的心都要碎了。他的小鸡鸡在水里颤动，痛苦攫住了我。可怜的孩子，他将无法拥有自己的孩子，除了这一缸玩具，他什么都没有。

我强忍住跨进浴缸抱紧他的冲动，拼命咽回了呛人的泪水。

"你现在感觉还好，是不是，小家伙？"

他点点头。"今天挺好玩的，就是有点儿累。我还要再回到魔法床上去吗？我不想再回去了。"泪水顺着他的脸颊慢慢滚落，滴进肥皂泡中。

"亲爱的，我知道你不想。妈妈想让你知道，我们不会做任何你不想做的事，好不好，小家伙？"

奥利认真地听着。

"宝贝，妈妈爱你。你是个坚强、勇敢的男子汉，我们都为你自豪。你想怎么做都可以，知道吗？如果你说，'妈妈，我累了，再也不想治疗了'，那我们就不做；如果你还想再试一次，那也没问题，亲爱的。"

他伤心地点点头。"继续治疗的话，我还会再生病吗？"

我把斯图的话原原本本告诉了他：新疗法的副作用虽然没那么大，但还是会对身体产生影响。但我没告诉他，他的身体可能再也无法承受更多的毒素。我也没告诉他我的感受。对我来说，由他自己决定，或至少让他参与决定，这一点很重要。

在考虑到底该怎么做时，泪水不断地从他脸上滚落下来。

我已经不记得他想了多久，但当他把鲨鱼深深地按进水里再抬头时，眼泪已经止住了。他说："我想，我愿意再试最后一次。"

就那么简单，我的语调顿时轻快起来："好，太好了！我去打电话告诉斯图。你得先做个核磁共振，等到了那里就能直接开始治疗了。"

奥利咧开嘴，以他特有的方式笑了起来："哦，太好了！我又可以看到那些护士，又可以在游戏室里玩啦！"

过去那个聪明的小鬼又回来了。

我相信他做这个决定不是为了自己，而是为了家人，尤其是为了他爸爸。当我告诉彼得奥利的决定时，他高兴坏了。我只能过些日子再带奥利去坐过山车了。

两天后，我们在斯图的办公室看肿瘤生长图，奥利则在手术室植入新的管子。气氛异常阴郁，斯图给我们列出了所有可能的方案，包括干细胞移植，但这样做风险太大，在经历了中毒性休克后，奥利根本挺不过来，我们只好将之排除。最新的试验疗法虽然缺乏足够的数据支持，却是奥利唯一的希望。

"当然，这得由你们来决定。"斯图说："我可以给你们提供所有方案，引用相关数据，并给出一些建议，但最终还是得你们坐下来决定怎样做对奥利最好。到了这种时候，很多家长都会选择放弃治疗，希望能和孩子好好在一起多待一阵，这我也能理解。现在我想强调的是，不管怎样，奥利不会再受苦了。我们有些强效药能对付所有问题，这点我可以保证。"

他同情地看着彼得，接着说："我也理解你想要尽一切可能挽救儿子的想法。上帝啊，那是我们的天性。如果你们决定尝试一些研究性疗法，我们可以为他选择在医学上最适合的试验方法。但这个决定，尽管很难，还是得由你们自己来做。我不能代替你们做决定。"

我们静静地坐着，一片沉寂，时间已不再重要。

我不停地擦拭着无法止住的恼人的泪水。

突然，我想起了大奥蒙德街医院，想起了得知这个消息时的恐惧，我们呆呆地坐在那里，还无法完全消化这个让人崩溃的消息。如今，我们已经在这征途上走了这么远。奥利是如此勇敢地在战斗。想象着他躺在手术台上，蒂基就在身边，我再次想到了他的决定，他无私的爱，他总是先为他人着想。

我想到了过山车，伸手去握彼得的手，紧紧地抓着，暗暗祈祷他能同意奥利来一场奇妙的旅行，我知道是时候告诉他了。

我们坐在那个房间里讨论奥利，虽然彼得还没有准备好接受这一点，但我知道，奥利最终还是会走。眼泪不停地流着，我的内心却异常平静。我有着和在大奥蒙德街医院时完全不同的感受，我甚至不觉得愤怒。我唯一想做的就是继续前进，这样我就能回到家中，回到我们的孩子、朋友和猫咪艾拉身边，回到生活中。

奥利说他还想再试一次，他微笑着宣称他多么期待重新见到那些特别好的护士，回到游戏室中。我突然明白了。这就是他的生活。奥利挣扎过，忍受了超人的痛苦，几乎丧命，但在这位神奇的医生和儿童纪念医院员工的悉心照料下，经历过所有那些时刻，我的儿子仍然保留着快乐。他的生活就是斯图和儿童纪念医院。

对奥利来说，来到这里就像回家一样。像一个征战多年的伤兵一样，回到这里就是回家，横幅招展，人们欢呼着，让奥利感到温暖、开心、安全。让他在无条件爱着他的两个家中度过生命的最后几个月或者几个星期，这是再合适不过的了。

在讨论了提供给我们的所有试验疗法后，我们决定以奥沙利铂（按：一种新的抗癌药）开始第二阶段的治疗，这被认为是最适合奥利的试验疗法。

彼得迫切地希望这会是能够治愈奥利的灵丹妙药，但斯图向我们诚实地说明了可能的结果："如果奥利对这种药物反应良好，我希望我们能看到的就是肿瘤减缓生长和扩散，那样我们就能稍稍延长他的生命。"他敏感地注意到了我们的情绪和担忧，便又和善地笑着补充道："你们知道吗，很多次奥利都让我感到惊讶？你们绝

对想不到。"

他的话满足了彼得对希望的渴求。

彼得和我就两件事达成了共识。第一，如果接下来的核磁共振显示有所进展，我们就继续治疗，但如果肿瘤仍在扩散，我们就停止治疗；第二，我们会告诉杰西和乔治发现了新的肿瘤，奥利要恢复治疗。但我们不会说其他任何事情，除非他们问了那个问题。

和许多家长一样，我们都忽视了孩子的洞察力，他们看着所有发生的事，也听着，感受着。他们问了。

奥利的样子看起来那么健康，这在某种程度上让事情容易了一些。讽刺的是，是奥利自己给了杰西和乔治希望，因为从他的外表无法看到内部正在发生的变化。他们似乎就是看着他，心里想着："哦，他会有机会的。我是说，看看他的样子，多健康啊。"

问到副作用时，他们显得异常镇静。他还会掉头发吗？他还需要经常去医院吗？治疗会有效吗？

我们原原本本地用斯图告诉我们的话回答了他们："是的，他会再次掉头发。嗯，他可能又得住院。"顿了一会儿，然后接着说："是的，也有可能他对治疗没有反应，不过这种可能性很小。"

他们听着，问着，似乎完全理解了事情的严重性。

"他会死吗？"杰西问。

她爸爸沉重地叹了口气："我们不知道。我们希望这次的治疗会有效。"

"我们当然充满希望，"我说，"是奥利说他想再试最后一次的。但坦白说，这样的概率并不高。"一阵令人窒息的沉默。"是的，他很可能会死。"

好了。我说了。我不得不这样说。我知道彼得做不到。

我感觉自己脱离了身体，从高处俯瞰着一部生活频道原创的电影。下一刻，我们会全家拥抱在一起。我们会擦干眼泪，以彼得为我们无畏的领袖，充满爱、力量和希望，采取坚定的姿态，背景中则响起小提琴的乐声。

但残酷的现实是颓丧的父亲跌坐在椅子上，周围静得让人发慌，孩子们则以茫然若失的眼神望着我们。

在这样的寂静之外，我听到在起居室里玩的奥利哼着一首曲子。此时，他的听力受损竟成了奇妙的天赐。

我感觉到孩子们想离开房间，却留了下来。我想起了他们的餐桌礼仪。吃完饭后，坐在厨房的餐桌边，孩子们通常会礼貌地问："现在我能下桌了吗？"其他时候，比如有朋友来访时，兴奋会让他们把礼仪忘到九霄云外，他们会狼吞虎咽地吃完，然后直接跳下桌。这种时候，我们总是摇摇头，这本该是表示反对的，但我们从未真正那么想过。

他们想要离开，只是这次，他们希望我们允许，希望我们给出命令。在我看来，似乎是他们觉得离开这样一场可怕的对话，或者只是想请求离开，就已经很无礼了。

我正要给出指示，奥利进来了，双手背在身后。

"原来你们都在啊。我刚刚还在想你们去哪了呢。我们要不要一起来看这部电影，或是干点别的什么？"他很顽皮地说。

尽管眼里噙满了泪水，杰西和乔治还是笑了。

我们都笑了，感谢他在最关键的时刻走了进来。

"好的，我们去看电影吧。"杰西和乔治说。

我微笑地看着他们。

他们也对我回以微笑，好像突然间长大了许多。

彼得从椅子上站起来，一把拎起了奥利，像个消防员一样把他扔上肩膀，满屋子跑着，边挠他痒痒，边大喊着"哇呀呀"。彼得的声音听起来可笑极了，就像一个海盗，我们都大声笑着，奥利则快乐地尖叫着，雨点般的拳头假装落在爸爸背上。

我走向杰西和乔治，抱住他们，在每人额前吻了一下。"我爱你们。"我说着，把他们抱得更紧了。

他们也紧紧地拥住了我。

"想来点爆米花吗？"我问。

他们点点头，跟着我进了厨房。艾拉蜷伏在桌子下，躲避着听起来像个海盗的疯狂消防员，他们被她逗得咯咯直笑。

最终，生活频道的原创电影还是上映了。

第十四章 "我爱你们所有人"

我们又踏上了原来的旅程，而且我们清楚地知道，我们永远也不想抵达的终点就快到了。奥利对治疗没有反应。肿瘤正以可怕的速度生长。看着他大脑和脊椎中蛇形的肿瘤生长，我突然明白了为什么这种癌症，成神经管细胞瘤（medulloblastoma），要以美杜莎（Medusa）命名。这位希腊女神曾经美丽的长发变成了丑恶的毒蛇，她的注视能让人变成石头。我的孩子身上怎会栖息着如此邪恶的东西？他的爱是那样灿烂，可以让所有人都沐浴在其光华之中。

我读过米奇·阿尔博姆的《相约星期二》，书中真诚而动人地记录了作者大学时代的老师莫里教授最后的时光。莫里意识到生命之美，并不害怕离开这个世界。我想知道我的孩子是什么感觉。我每天都在与之抗争的最大恐惧就是奥利会害怕。我在想，我该问他吗？我该说些什么呢？

我没有问。我允许自己被恐惧击倒。如果他告诉我他害怕死亡，我该怎么回答？或者他知道自己快要死了，但他还不想死，怎么办？如果他恳求我挽救他的生命，而我，作为他的母亲，他的保护者，却无能为力，我又该怎么办？我无法想象这样一场可怕的对话。我知道自己无法安慰他，对他说："别担心，孩子，妈妈会照顾好你的。"在我深陷于没有照顾好他的自责中时，我怎能说出这样的话？

在我们得知这可怕的真相，而斯图又叫我们把孩子带回家时，沉寂笼罩着我们，至少对我来说，那是一种几乎令人窒息的诡异的平静。

我的丈夫宁愿深陷在悲痛的沉默中。他无法向人诉说，便转而向酒瓶寻求安慰，将他的痛苦沉浸在可能摧毁他的液体中。

和孩子在一起时，他便回到那场生活频道的原创电影中。他和他们玩，带他们出去，享受着什么都不做的宝贵时光。他会和他们一起躺在沙发上，逗留良久。

但当他们都安心地上床睡觉后，痛苦就开始变得无法承受，又一天过去了，离那个日子又近了一天，他只能再打开一瓶红酒。

我们从没有告诉过奥利他已经永远不需要再接受治疗了，他也没有问为什么停止。

当我们告诉他这个阶段结束了时，他说："谢天谢地，终于结束了。我爱你们。"

我知道他已经知道了，我鄙视自己没有勇气问他那个一直折磨着

我的问题。

当奥利需要止痛药时，只要按一下按钮它就会出现。我发现两次给药的间隔时间每天都在缩短。有时他会在睡着后因疼痛醒来。他从不尖叫或抱怨，但我能从他那张漂亮的脸上看到痛苦的痕迹。

他还在用类固醇抵抗痉挛，这种药小到我们几乎无法察觉，它们的使用频率却在增加。

一天，我走进客厅，看到本该在那里吃三明治的奥利倒在右边，三明治仍握在手上，杰西正在帮他擦口水。她轻轻地把他扶正。这时，他醒了，就像从小睡中醒转时一样迷茫，他继续吃起了三明治，好像什么都没有发生过。

杰西理解。她知道，乔治也知道。

我们什么都没说。

我们心知肚明，就这样等待着。我们微笑，甚至大笑着直面死亡。

我们这样做是因为爱，它有着战胜一切的力量。我们不想浪费一分一秒。所有人内心都备受煎熬——我的丈夫、孩子，还有我，但我们将这些搁置一旁，因为更重要的是和奥利在一起的时间，分享我们的爱，享受一去不返的每一分钟。

我们之所以能够微笑，能够大笑，是因为在他身边就是一种恩赐，打开这个礼物时，我们发现了一层又一层生活的喜悦，而我们曾经将这些视为理所当然。每次，这件礼物都会以不同的面目出现，从各个方面安慰着我们啼泣的灵魂。我们就要失去他了，而他却正在治愈我们，让我们做好准备。他在拯救我们。

那几个星期也是我们曾有过的最快乐的一段日子。

2003 年圣诞节，彼得的父母飞来和我们一起过节。当然，他们不仅宠坏了奥利，也宠坏了所有孩子。我们以分外华丽的装饰布置了整个房子，在每个房间都挂上彩灯，还放着我们百听不厌的圣诞歌。那真是一段快乐的时光。

我尤其为彼得感到高兴，希望他或许能和父母谈谈那些最阴郁的想法，但又意识到对他们来说这同样是无法承受的痛苦。他们就要失去自己的孙子了，而这将是他们最后一次见他。那么，他们能来这里就已是对彼得最好的安慰了。

圣诞节早上，彼得的爸爸布莱恩起了个大早，戴上圣诞老人的帽子，指挥进行已经传给儿子的家族传统。当一张老旧的吉姆·里夫斯专辑开始大声播放时，他走进孩子们的房间，像个孩子一样尖叫着："他来过了。他来过了！"

孩子们连忙从床上蹦起来查看床尾塞得满满的袜子中装了什么礼物。

简单的早餐——当然是为甜点腾出空间了——之后，圣诞的传统继续。大人们用软木塞塞住香槟，忙着为下午的盛宴做好准备。

那一天如火如荼地进行着，大家忙着给英国的家人打电话，孩子们兴奋地吃了数不清的巧克力，香槟则让我们每个人的脸上都熠熠生辉。我们玩傻气的游戏，看电影，也拍了自己的电影。

爷爷让奥利骑坐在他背上，我连忙喊道："当心点！"

奥利对我皱起了眉头，大声叫着："爷爷，驾，驾驾！"

圣诞节后的一天是英国的节礼日，在澳大利亚和加拿大也能看到，这是一年一度借口举办派对的好日子。我们就是这样做的。剩余的冷火鸡，配上芝士花菜、烤土豆，以及所有带腌菜和芝士的食物——最受欢迎的是布兰顿酸黄瓜，基本上我们吃什么都要配上它——当然，还有酵母酱三明治。

我们和最亲密的家人一起过了圣诞节，节礼日则是留给其他亲戚和朋友的。狂欢即将开始。那一年，我们向所有愿意来参加派对的人打开了家门。

谁都不会想到奥利虚弱的身体状况。

我们把餐厅改装成临时的迪斯科舞厅，里面灯光闪烁，放着震耳欲聋的音乐，朋友们一个个过来聚在奥利身边，轮流和他跳舞。奥利咯咯笑着，他们带着他转了一圈又一圈，谁也没有注意到仍然挂在墙上的医疗设备和角落里被装扮成圣诞树的静脉输液架。

圣诞节来了，又以和爷爷奶奶告别而结束，但彼得还准备了一个惊喜。

彼得预订了一趟迪士尼世界之旅，这让我们所有人都惊讶不已。我们在动物王国一间漂亮的小木屋里迎接新年的到来。小屋坐落在树林里，从露台上就能望到神奇王国。这是一个绝佳的位置，安静、祥和，离喧嚣热闹的乐园又仅一趟船的距离，奥利有需要时便可在此休息。跨年的那晚，烟花表演让整个天空都灿烂起来。

几年来我们一直商量着要带孩子们去迪士尼世界玩，但又觉得太贵，且浪费时间。现在，完全不这么想了。

这笔钱对我们来说仍略显奢侈，但花得值得，我们珍惜在一起的每分每秒，我们玩愚蠢的游乐设施，在脸上画画，见孩子们记录在签名薄上的最喜爱的那些角色。

在奥利感到疲惫的日子里，我和彼得会轮流待在小木屋里陪他，另一人则带杰西和乔治出去。

我们还参观了环球影城和海洋世界。奥利最喜欢的部分是观赏《大白鲨》的道具，那是他最喜欢的电影之一。我有点希望他会像过去那样唱起电影中的歌曲，"指引我回家的路，我累了，我想上床休息"，然后捏紧他的纸杯，模仿电影中那个经典的场景，逗得

我们哈哈大笑。

我们还不想结束这场旅行。预订的是一周，但彼得又续订了。

一月中旬，我们终于该回家了。

孩子们又回到了校园生活。奥利状态好时也会去学校，有时只去差不多一个小时，而且通常是在周五，那是他最喜欢的艺术日，也比较轻松。

如果不去学校，他就会在沙发上做卡片，这是他最喜欢的另一种消遣方式。他给所有人做卡片：家人、朋友、护士、老师，以及所有他爱的人。也就是说，很多时候他都在做那些卡片。它们都长得差不多。动物、火车和海绵宝宝的贴纸，签字笔画的大红心，闪闪发光，上面还有许多"爱，爱，爱"和"我爱你"的字样。

一天，他最喜欢的老师 S 女士，也是他在学校的助理，告诉了我有段时间里奥利给她的东西。他每天都会给她一个信封，里面装的是一小片拼图。最后，她终于拿到了所有拼图，但她拼不出来，这让她很是沮丧。她不敢告诉奥利，只好找自己的女儿帮忙，她比奥利要大一点，很快就完成了拼图。那是一头大象，她觉得很可爱。但她女儿却说："翻过来，妈妈。"当她照做时，她看到了奥利稚嫩的笔迹："我爱你。"

无论是通过一张卡片、一句话，还是一个眼神，奥利传达给我们的信息总能让我们意识到什么是真理。我在学习，我们都在向他学习。我能感觉到我们所有人的变化，那是一种沉静的思考与谦卑。我们看着外界的世界，突然明白那是多么渺小而微不足道。

我们意识到自己是脆弱的，生命是脆弱的，不应被浪费。我们不该为小事烦扰、担忧。我们必须去过自己想要的生活，而不是别人认为我们应该过的生活。我们必须诚实地生活，带着善意，快乐地生活。

我再次发现我在想自己的婚姻是否还能继续。我希望维持它吗？我质问自己我是谁。专注于考虑这样做可能为家庭带来的伤痛和震惊，我发现自己在回避我曾怀疑过的事情。

状态好的时候，奥利会约朋友玩。一次，他问是否可以在朋友家过夜。

起初我感到惊慌，我的思绪集中在最糟糕的念头上。要是……怎么办？奇怪的是，头脑中的声音很快就回答了这个可怕的问题。没事的。我已经习惯了这些感觉，这些自己出现的安慰话，而且，它们总是正确的。

最困难的部分是说服彼得，奥利要出去对他来说让人很不舒服。

"但他会没事的，彼得。我就是知道。"

在他意识到这会为奥利带来多少快乐之后，在我们保证了随时联系后，将信将疑的彼得才肯让步。毕竟，奥利就在同一条街上不远的地方。就算出了什么事，我们也能很快过去。

奥利欣喜若狂地打包起他过夜要用的物品，在我开车送他过去时他一直兴致高昂。我知道他一定会玩得很开心。

虽然第二天还要上学，我也安排杰西和乔治在朋友家过夜。我发誓，他们肯定认为"我们可以为所欲为"号火车刚刚进站了。许多以前从没发生过的事现在正在发生：房间没有打扫，床铺没有整理，球芽甘蓝没有吃掉，从来不用的餐厅变成了第二个游戏室。我们不再大声吼他们，我们笑得更多了。

孩子们都出去过夜了，这是我和彼得敞开心门、分享情感的好机会。

事实上，我们几乎没有时间单独共处。他甚至已经在客房睡了一段时间，那是我们共同的决定，因为奥利越来越频繁地想和我一起睡。至少，那是我当时给的理由。一定程度上，确实是那样的。

有趣的是，我已经开始在脑子里预演起当晚的发展：努力让彼得开口谈奥利，谈孩子、我们、将来，还有一个我们一直避而不谈的话题：奥利的葬礼。

我清楚地看到了即将到来的夜晚，或者说我自以为看到了。事实是我错得不能再错了。

我确实非常期待那个夜晚，特意去超市买了晚餐的特别食材：鸡肉、洋葱、香料、原味酸奶，甚至还买了些葡萄酒。

幸好买了酒。我很紧张，酒可以让我焦虑的大脑放松。彼得在淋浴时，我倒了第二杯酒，一边搅拌着滋滋作响的洋葱和香料，一边享受着热辣、刺鼻的芳香。

我想知道奥利玩得怎么样，就打了个电话过去，得知他正在开心地做布朗尼蛋糕。听到背景中他隐隐约约的笑声，我知道我不需要再打电话了。现在，我可以放心了。

我走到唱机前，挑了张 CD。当我回到锅边继续搅拌时，斯汀正轻声吟唱着《一千年》。

彼得走进了厨房，刚冲完澡的他神清气爽，头发还是湿的，刚刮过胡子的两颊因为古龙水的刺激而微微发红。他看起来很好，浑身散发着宜人的香气，在短暂的电光石火间，我仿佛回到了我们刚坠入爱河时那段令人陶醉的时光，微笑浮上了面颊。

"你怎么了？"他笑着问。

"哦，没事。我想应该是酒的缘故。"我边说边喝完了第二杯酒，"我喝得太快了。"我告诉他奥利玩得很开心，又开玩笑说他今天肯定得晚睡了。

他也一起笑了，又补充说："我很高兴他玩得开心。"

他说话的那种方式，带着明显能感觉到的辛酸，正适合展开我希望进行的对话。我一直为我们从未谈论过这些问题而感到沮丧，但那晚，我们还是没有谈成。

我没有贸然地深入那个折磨着我们所有人的想法。"是的，我也很高兴。"我不想再停留在这个话题上，便尝了尝咖喱："嗯，味道好极了。"斯汀的声音继续温和地回荡着。

这么长时间以来，我第一次重新享受着这个优秀男人的陪伴，我孩子的父亲。他总是把我逗笑，他的性格能吸引所有人。如果要在他的脑袋上放一块告示牌，那应该是"我是一个好人"，而且，任何人只要看到他就都会对此深信不疑。

我们喝了酒，我们大声欢笑着，在享用印度美食时，我们开始回忆。

我们回忆起了曾经的我们。

我们回忆过去的欢乐时光：我们的相遇、家庭聚会、意外却令人愉快的杰西的降生、迎来儿子时的喜悦，还有生活穷困潦倒的日子。那时，苹果酒成了葡萄酒的绝佳替代品，而为了在我们一居室的公寓中给杰西腾出房间，我不得不怀着乔治睡在沙发床上。

我嘲笑他在盲目地摸索了那么久后终于获得了职业上的第一次突破，当时他是多么害怕使用电话。

他也取笑我从不肯让他忘记那件事，他说对了。

"你知道的。"我开玩笑说。

我们回顾了在一起的十八年时光，回忆起每一个时刻，尤其是最后我们搬到了这个伟大的国度，得以实现我们的美国梦。这是多么奇妙的旅程。我们很幸运。有时，在即将触及某些回忆时，我们就会把它留在心中，因为我们不想涉及那个问题，以免毁了今晚的庆祝。或许，只是或许，我们能够做到。

分享还在继续，红酒也在不停地流淌着。

之后，我们走上楼去，斯汀的《雨落下后》在我们身后飘摇回荡。我们做了爱，感觉既美妙又忧伤，回忆汹涌而至，激情慢慢变成了温柔。我们紧紧缠绵了很久，不想结束，因为我们知道这是在和过去的我们道别。后来，我们以胎儿的姿势蜷起身体，像孩子般拥抱着，无声地进入了梦乡。

第二天我醒得很早，看着熟睡中的丈夫，我不禁感激他的存在，感谢他赠予我的孩子。我还是会一如既往地爱他。

白日的光亮让人清醒，我仍然感激我们的爱之夜，我们共同的回忆，以及对过去的怀念。

那一刻，我突然明白自己回不去了。我再也无法回到丈夫身边。告别是真实的。我一直不愿意聆听的那个声音，我的心已经告诉了我，这一次，我终于注意到了。

我的心在为自己可能造成的伤害隐隐作痛。

在接下来的几周里我们说了许多次再见。

奥利想去儿童纪念医院和他的朋友们"再玩一次"。

一个星期五，虽然奥利的身体状况很糟，他却告诉我他必须去趟学校。我想劝他别去，提醒他下周还有时间，但他固执地坚持着。

"妈妈，我给你画了幅画，我画了很久的一幅彩笔画。我得去把它画完。"

我只得不情愿地把他送去学校，希望额外的吗啡足以支撑他的身体。

两小时后，我接回了精疲力竭的儿子。

他的老师，就是那位他送拼图的老师，把他当天完成的作品递给我："这是一幅家庭画，非常漂亮。"

画被卷起来包在圆筒中，我把它夹在胳膊底下，向老师道了谢。

奥利已经累得讲不动话。中午回到家，我又给他喂了点药，然后安顿他睡了。他一直睡到第二天九点。

回到楼下，装着他的作品的圆筒就躺在桌上。我缓慢而小心地打开，对着图画上明亮的色彩笑了。

我隐约记得奥利告诉过我们他参加的一个家庭绘画项目。老师要求孩子们画一幅代表他们家庭的铅笔画或彩笔画。其他孩子都画了房子、狗和火柴棍似的小人儿，奥利却画了一个花瓶。亮黄色的花瓶中插了五朵鲜花，每一朵花的花瓣形状都不同，代表不同的家庭成员。其中四朵在强壮的茎干支撑下开得正盛。第五朵花还没开，花苞紧闭着，垂在花瓶一边。

那时，我没有明白这幅画的深意。也许当时还不是时候，但最终我明白了，在我最意料不到的时刻。

2004 年的早春异常温暖。大部分日子都是阳光普照，我们的水仙花开了，兔子在花园中欢蹦乱跳。奥利非常喜欢待在室外的时光。由于他现在已经无法行走，我们便把他裹在那条专属于他的毯子里，抱到室外，然后坐到秋千上，把他紧紧地抱在膝上，或者把他那辆黑色的童车放在露台上，他会在那里开心地看兔子和松鼠互相追逐嬉闹。

艾拉趴在阳光房的凳子上，不时叫唤几声以表明自己的存在。随着时间的推移，她和奥利在一起的时间越来越多。我不知道当他离开我们时她会经历怎样的伤痛。

彼得极不情愿地回去工作了。老板说工作需要他，而且成功地说服了彼得，让他相信回去工作对他也好："能让你的大脑暂时摆脱这些烦恼。"

我不同意，认为他会为没有和儿子在一起的这段时间后悔。

但同时，我又不想太过坚持，害怕这会让我们之间的问题浮出水面。虽然我已经做了决定，但我还没有准备好告诉彼得，或和他讨论这个问题。现在，奥利是我唯一关心的事。

讽刺的是，如果彼得没有回去工作，那么我生命中最为重要的一刻也许永远都不会发生。

一天下午，我和奥利正躺在沙发上。

"妈妈？"

"怎么了，宝贝？"

"我想最后去一次火车站。我想给爸爸一个惊喜，看他下火车。"他的话近乎呢喃，沉重的呼吸使得讲话特别费力。

我抚摸着他的脑袋："好的，宝贝。"

然后，我开始准备车子，铺好枕头和毯子。

奥利说他想在等车时做一张卡片，所以我又带上了他的火车头托马斯背包，里面有需要的各种工具：荧光粉、贴纸、一整套彩笔，还有他的卡片。

我们把车子停在火车站外等着，广播里放着音乐。我看了看表，火车大概再过六分钟进站。晚饭该做些什么呢？我想。

奥利在后座叫我："妈妈？"他停了一下，"'你们所有人'该怎么写？"

我缓慢、仔细地告诉了他。

他又继续埋头干活。

"你在给谁做卡片呢，奥利？"

停顿了一会儿后，他说："我在给我们家所有人做卡片。"又是一阵停顿，然后他接着说："因为我爱你。我爱爸爸，我爱杰西，我爱乔治，我爱艾拉。"顿了顿，又接着说："而且，我还爱我身上的那个天使，但我不知道她的名字，所以我打算写'我爱你们所有人'。"

当他跟着广播里的音乐轻轻哼唱时，我的眼睛湿润了，皮肤微微刺痛，感到一种从未有过的清醒。奥利的话如此强大而祥和，将我包裹起来。

他正在我的眼前渐渐逝去，但他却不害怕。他的天真和单纯直抵我的灵魂，我默默地感谢那个天使，感谢上帝，感谢我漂亮的孩子给了我宁静和爱的礼物。我知道，当最后道别的时刻来临时，我将有勇气放手让他离开。

我看看手表，听到了隐约的火车轰鸣声。再过两分钟，它就会进站了。我深深地吸了口气，假装欢快地说："该去见爸爸了，奥利。"我又眨眨眼，逼退了即将涌出的泪水。"天啊，他看到你在这里一定会很惊讶的。"

他兴奋地睁大了眼睛："我知道！快点，妈妈，我们走吧！"他小心地把卡片放回背包中。

我把他从后座上抱下来，他的腿缠在我的身上。我一直抱着他，直到火车进站，车门滑开时，他才要求我把他放下来，这样爸爸就能看到他站在站台上等他。

当彼得走下火车时，他穿着新的西装，打量着路过的人群，又是一天。彼得看到了正在向他挥手的奥利，连忙奔向奥利，这个和其他所有人都不一样的孩子。从路人的脸上我能感觉到，他们一定在想为什么。

爸爸兴奋地抱起了儿子，在行人匆匆而过时，奥利开心地笑着，这一幕比他们所能想象的更加美好。

奥利再也不会来火车站了。

阳光明媚的日子仍在继续，春假马上就要到了。这一年，我们的很多邻居都没有像往常一样出去旅行。

一天早上四点，我突然醒了。看着身边的奥利，我明白时间就快到了。

我打电话给斯图。我们聊了一会，但不多，当他为没能挽救我的儿子而道歉时，我深深地体会到了他那种善意和悲伤。

我们都哭了。

我没有理会他的道歉，而是感谢他把奥利带回给我们，那是一段我们险些错过的快乐时光。

挂断电话后，我躺在奥利身边，自私地希望他只属于我一个人。

我告诉他我有多爱他，我会多么想念他那顽猴似的笑脸。告诉他我认为他非常勇敢，希望将来有一天我也能像他一样勇敢。告诉他爸爸、杰西和乔治都会很想他，但他们会没事的。

他紧紧地抓着我的手，没有讲话。我又和他躺了一会。

然后我告诉他我去叫爸爸过来。

我敲响客房的门，彼得几乎立刻就出来了。看到我的表情，他显然已经知道发生了什么。

我走下楼去，想给彼得留点单独和儿子相处的时间。我点燃一支烟，坐在阳光房中哭了起来。当我盯着电话机时，艾拉就趴在身边。一切都让人痛心。我抓起话筒，开始拨号。

我们的家庭护士莫琳几乎从不请假，那个周末她正好休息，她也想过来陪奥利走完最后的几个小时。

我的朋友托妮通常都在白天上班，那天却正好赶上夜班，因此能在早上五点下班后就尽快赶来陪我们。

我打电话给远在英国的妈妈。她哭了，当她在抽泣的间隙告诉我，作为母亲，她为没能保护我不受伤害而深深自责时，我只能尽力安慰她。

　　挂断电话后，我又回到房间，回到丈夫和儿子身边。我们躺下来，周围堆满了奥利最喜欢的毛绒玩具，房间里回荡着《火车头托马斯》的背景音乐。我们抱着他时，蒂基就安放在他手里，他停留了足够的时间和所有他爱的人道别：他亲爱的哥哥、姐姐、附近的朋友、学校里的朋友、老师，所有人都抽出时间来到我们家，和这个深深触动过他们生命的小男孩道别。

　　房间里有一种优雅和美丽，我甚至能感觉到它们正轻触着我的肌肤。透过朦胧的泪眼，我看到地板上堆积的纸巾就像云朵一样，空气则是轻飘飘的。

　　傍晚时分，和所有人道完再见，家里就只剩下了我们和孩子。

　　我和彼得躺在我们宝贵的孩子身边，拥抱着他，拥抱着彼此。当奥利的最后一次呼吸临近时，托马斯的音乐停止了……

第十五章　全体上车！

沉浸在悲痛的黑暗中，我又回到了二十几岁的时候，在站台上等着火车到来，把我带去伦敦桥站。我不是要去工作，而是要在那里结束自己的生命。

自杀有一点很奇怪，就是你并不会真的想到它。你不会在某个早上醒来，然后对自己说："今天是我结束自己生命的日子。"至少我不是这样的。我只是想睡觉。我的整个身体都太累了。我没有其他想法。睡觉很好，让人感到温暖；当没有其他人在意时，它会爱抚你，关心你。那种虚无的诱惑有着不容抗拒的力量。

对前途的迷茫和心中的创伤终于像个孩子一样缠住了我。虽然我仍是一副工作的装扮，但有两件事情是不同的。我穿着拖鞋，而且我知道自己不会去上班。

车站里挤满了乘车的上班族，到处都是身穿黑色或灰色西装、握着咖啡杯的人，有人正在读报，也有人只是盯着前方的虚无。一切都和往常一样。所有人都深陷在自己的思绪中，没有一个人注意到我脚上的拖鞋。

我在站台边缘向下望去，感觉轻飘飘的。我听到了火车的声音，抬起头来。它还在视线无法触及的远方。我前后摇晃着，像是被火车行进的咔嗒声摄住了心魄。声音越来越大，越来越近。一阵隆隆声震动了整个站台，带起一阵强风，能清晰地感觉到引擎的强大动力。燃料的刺鼻气味充斥着我的鼻腔。

我看不见，也听不见身边匆匆的行人，只看到了火车和车灯，让人感到炫目而又温暖。虽然眼睛酸涩刺痛，我仍紧紧地盯着灯光。

我没时间睡觉了，突然清醒过来。不，这不是你该走的路。当火车和灯光呼啸而去时，我掉进了一个男人的臂弯，他戴着顶软毡帽，就像弗兰克·辛纳屈（按：20世纪与猫王、披头士齐名的流行音乐人物）和鼠党（按：20世纪中期活跃在舞台上的演唱组合，没有固定的成员，人数也不定）在维加斯时代曾戴过的那种。

"你没事吧？"他问道，接着又补充道，"你穿着拖鞋。"

"我知道。"

我不记得自己是如何离开车站的，不记得自己当时曾想过些什么。我的生活就这样又继续了。

感谢一列火车。

在与黑暗较量的同时，我不停地想着这是否是恶魔开的一个残酷玩笑："哦，对不起，亲爱的，但我得把最好的留到最后。"

各种画面折磨着我的大脑：宣告死亡，下午六点五十七分；紧紧地抱着我已死去的孩子；看着他被装在黑色塑料袋里抬出房间；回到空荡荡的床上，空荡荡的心，空荡荡的生活。

无论酒精还是药物，都无法缓解脑袋里疼痛冲击的噪音。"我当时就该走的。我当时就该走的。哦，上帝啊，为什么会这样？"我绝望地渴望着虚无，"除了这件事，怎样都可以啊。"

我没有预料到悲痛的力量有多强大。

在一片混乱中，我也没能做到关心家人。

我失去了形影，深陷在黑洞中。我不够坚强。我没能高昂起头，假装坚强勇敢。我不是那种会去教堂和教友分享心事的母亲，说"感谢上帝，我们最终都将熬过这段时间"。我是这样的母亲：如果你敢在递给我一个苹果派时对我说"嗯，至少他在耶稣的怀中很安全"，我会扇你一个耳光。

我感觉被遗弃了，被遗忘了，感到毫无意义，没有人爱我，只觉

得自己太失败了。

我什么都不是。

我透过迷雾观察着彼得，他沉浸在自己的悲痛中，耽溺于酒精和抗抑郁药。

我看着孩子们以自己的方式承受着痛苦，却无能为力。我悲痛，但又充满嫉妒，我的想法是那样残忍：他们还在这里，奥利却走了。我从来不希望他们遇到什么不测或伤害，只是无法理解他们的正常。当他们开怀大笑或者想去看电影时，我就会异常气愤。一个简单的动作或时刻都会让我深感受伤：他们能做这些事，奥利却不能。我感到羞耻，因此并没有将这些可怕的想法告诉家人。

彼得和我经历了一些极其丑陋的时刻，我从未想过这样的事情会发生在两个曾如此深爱的人之间。他想做爱，我却畏缩了，像被可怕的怪兽触到了。

他会肆意宣泄自己的愤怒："奥利死了，但我还没有，我想做爱！"

我心中的魔鬼也会出现，狠狠地鞭笞着他的心："好啊，去和别人做吧，因为我他妈的一点都不在乎！"

事实是我绝望地想要一个怀抱，想要感知彼此的体温，但我却连拥抱都无法忍受，更不用说别的。感到万事毫无意义的痛苦无比强烈。

在那些艰难的时刻，我作为母亲的失败感已经蓄积到了我不相信自己还能克服的程度。所以，我退回到了黑暗的安全地带，对自己说，我本就属于这里。

我无法向别人伸出援手。当我连自己都拯救不了时，我怎么帮得了别人？

然而，有人向我伸来援手。

一天晚上，当我无限沉入可怕的地狱中时，脑中突然响起了一个声音。起初我以为是酒精的诡计，便没有在意。

但它仍在继续。

突然，我发现这个声音在唱歌："哦，是的，当你飞奔时当一个火车头多么开心……整天都喷气喷气喷气。"那是一首欢快、乐观的歌，一首我再熟悉不过的歌。见鬼，这歌声到底是哪来的？

"我爱你，妈妈，永远。"

"奥利？"我呢喃着。

他顽皮地咧嘴笑着，继续唱道："火车头托马斯，嘟嘟，嘟嘟！"

这荒诞的情景让我忍不住大笑起来。"这不可能。我要疯了，我真的要疯了。"我对着黑暗大喊。我看着房门，等着彼得或孩子们过来叫我安静，但没有人出现。

"有戈登和亨利、爱德华、詹姆斯和托比、安妮和卡拉贝尔，还有，不要忘记珀西。"奥利咯咯地笑着。

这——？这简直蠢透了。我试图为正在发生的事找一个合理的解释。这实在是太荒唐了。

"我爱你，妈妈，永远。"我看到了他完美的笑脸，"你应该告诉他们。"

"什么？"我大声说。

"我爱你，妈妈，你应该告诉他们。"

"告诉他们什么？"

短暂的沉默。"你知道的。"

奥利又继续唱起了他最喜欢的托马斯之歌，就是他在我们的怀抱中逝去时播放着的那首。"哦，是的，当你飞奔时当一个火车头多么开心……整天都喷气喷气喷气。"

我享受着他的现身带来的美妙感受。

我已经一团混乱。悲痛如此深重，但我必须积聚起所有力量走下床去。我的身体沉重、笨拙，动作极其缓慢。我的眼睛肿胀酸痛，但泪水仍毫不留情地决了堤般喷涌而出，同时迸发的还有沉闷的啜泣声。

我走下楼去，坐到电脑前。光标闪烁，我木然地盯着空白的屏幕，突然，脑中跳出四个字，我立即敲了出来：全体上车。

我开始了。

我并不知道自己开始的是一件什么事情。那不重要。不知为何，我就是能感觉到那样做是对的，是好的，很重要。

当彼得和我为儿子的葬礼发生争执时，我写了下来。我写下了所有事情，文字汹涌而来，充满激情。

彼得想要安葬奥利，把他放进棺材，埋入土中，但在我看来，这只是一场压抑的宗教仪式。想到这点我就感到恐惧。我无法想象这样的场景，无论如何，它就是不合适。我渐渐明白，彼得想要的只是结束这件事情，然后继续前进。

我想在真正适合奥利的日子里将他送走，而不是由一个甚至都不认识他的人来做一场所谓的布道。我想要一场能完全代表奥利的追悼会。我想让孩子们仍像孩子一样玩耍，被滑稽的小丑和魔法师逗乐，咯咯地傻笑，和朋友一起化装，当然还可以玩奥利最喜欢的火车模型套装。只是和家人、朋友聚在一起分享他们的想法，共同度过寻常的一天。我希望奥利的葬礼是这样的。

一番劝说后，彼得终于让步了，我们商定了两件事情。第一，我们会把奥利火化，播撒骨灰的时间和地点还没定；第二，为了纪念他，我们将选一个日子举办追悼会。

我们选择了一个非常适合的日子，就是我们儿子出生的那天，6

月 19 日。从现在开始还剩下两个半月的时间，在英国的家人有足够的时间安排行程，我也还有时间做好准备。我预约了一名会表演魔术的小丑，还有一位专业的摄像师来记录整个行程。

在那天到来前，人们问我："如果下雨了怎么办，黛比？"

我微笑着，异常真诚地说："不会的，那会是一个美好的日子。你就等着看吧。"

那天的天气确实很好。

天空是耀眼的蓝色，阳光肆意洒落下来，和我们一起欢笑。

追悼会在我们的后院举行，就在一条僻静小巷的尽头，非常适合放置基督教青年会的攀岩墙和当地的消防车，邻居的孩子都已经兴奋地瞪大了双眼。

草坪的帐篷下放着奥利的书桌、家庭作业、玩具、专属于他的毯子和童车，还有一本纪念册，人们可以在上面写下对他的想法。孩子们欢乐地玩着玩具屋、化妆箱、奥利的火车模型套装，还有他那辆叮铃响的三轮车。

天真的儿歌和古典音乐交织着回荡在整个社区。我们的家人、朋友、邻居都来了，甚至连我们亲爱的朋友，儿童纪念医院的魔笛手斯图尔特·戈德曼医生也挤了进来。现场充满了欢笑、泪水和拥抱，还有一种安详和纯粹的快乐。奥利的大幅黑白照片挂在房子后墙上，那是我们的朋友安德鲁·泰勒在上一个万圣节时拍下的。照片之间点缀着描述奥利的词语：顽皮、勇敢、可爱、无畏、有趣、鼓舞人心。桌子上放着一个麦克风，人们可以在此分享关于奥利的记忆，这个热爱火车、激励了这么多人的勇敢的小男孩。

我继续写着，并开始和家人、朋友分享我所写的，完成几个片段后就把它们发送出去。我也把它们发给了儿童纪念医院的护士和斯图。我不知道自己为什么做出这个决定，事情就是这样发生了。

我又回到了起点，开始重温这两年的时光。置身事外再向里看去，我发现事情变得不一样了，我看到了更多的细节。

有时，我沉浸在悲痛中，一句话都写不出来。有时，我则能写下好几页内容。这是一个宣泄的过程，它就像我的私人免费治疗师。

它的诚实生硬而残忍，有些地方又令人震惊。悲痛以最细腻的形式得以展现。我不在乎别人会怎么想，只是想把它写出来。有一种迫切感催促着我。我知道这很重要。

在写作的过程中我也开始更加了解自己。我会对着自己写下的文字大笑，接着又感到无比孤独，泪水便落在了键盘上。

我很少吃东西。我抽烟、喝咖啡、喝酒，很少冲澡。大部分时候，

我只是深陷在悲痛中，和 Word 文档先生分享我的情感，然后按下发送键，任它投入世界的怀抱。而这，正是魔法真正开始的时候。

我开始收到各种邮件，都是对我的分享的回应。人们深受触动，也得到了鼓舞。他们会问我："黛比，我能把这些分享给其他人吗？我觉得这能帮到他们。"护士们打电话给我，说我的文字鼓舞着他们度过了那些艰难的时刻。

我既感动又兴奋，儿子的精神对他人产生了影响，他不会淹没在不断上涨的数据中了。

这就像多米诺效应。在我与人分享时，别人也在做同样的事。我深切地感到将这种爱传播出去的必要性。不可思议的是，我还收到了许多陌生人的来信，他们来自遥远的加利福尼亚、德国、基韦斯特，还有澳大利亚。直到今天，我还在不停地收到来信。

这些邮件各不相同，但又是一致的："奥利和他的故事让我深受感动。谢谢你让我进入你的世界。愿上帝保佑你。"

其中一封尤其打动我：

"我迫切地觉得应该写信给你，让你知道你的故事多么打动我，是一个朋友把它传给我的。我有三个儿子，这几年他们全都遇到了法律上的问题，其中两个现在还在监狱里。很多次我都想放弃他们了，在那些无助的时刻，我会允许绝望将我拖垮，愤怒得不想再管他们，因为他们让我感到羞耻。

"你的故事，奥利的故事，对我影响很深。我一会儿哭，一会儿笑，但看完后，我只想去看看我的孩子们，告诉他们我爱他们。我永远不会放弃我的孩子，我想谢谢你写了这本充满爱的书，我一定会把它推荐给那些和我一样迷茫、需要找到前进道路的人。

"我很高兴能够认识你的奥利，他会一直活在我心中。愿上帝保佑你，黛比。"

许多母亲说，在读了我的故事后，她们不再经常吼她们的孩子，而是开始更多地拥抱他们。

这些邮件不仅告诉我一些特别的事正在发生；同时，它们还告诉我，作为一名母亲，我正在渐渐康复，对此，我充满了感激。

一天，我接到了斯图的电话，他问我是否允许他在为刚进入小儿肿瘤科的家庭所做的演讲上朗读我写的部分内容。他认为我写的关于最初确诊的那段内容会对他们很有帮助。

"他们需要听听来自一个家庭的声音，黛比。"他解释说，"他们不仅需要了解医疗的影响，还需要了解家长方面可能产生的情绪影响，你的坦白非常真实有力。"

我感到既荣幸又惊讶，不好意思地同意了他的要求。那些孩子即将进入的这个世界与奥利的心如此靠近，而得知他的过世能影响到他们，这真是一种奇妙的骄傲感，而且我感到事情不仅仅如此。我感觉到了疯狂背后的意义，我相信继续写下去的重要性。

写作的同时，我意识到自己发生了具有深远意义的变化。事实上，从奥利被确诊的那一刻起，这种变化就已经开始了。我变了，一如我们所有人。那时我不知道的是这种变化会将我引向何方。

透过悲伤的浑水，我开始看见理智。而在我继续写作，分享我的想法时，水开始变清，随着日子的推移，我看到的越来越多。

在所有邮件中，有一封来自儿童纪念医院的高级捐赠主管克里斯汀·利·休斯。她就我的故事谈了一些想法，然后告诉我儿童医院每年都会举办募捐会，为医院筹集资金。那是埃里克和凯西的 36 小时爱心募捐。两位知名的电台主持人将在儿童纪念医院的大堂主持募捐会，并邀请病人家庭来分享他们的经历，有些非常悲惨，但也很鼓舞人心。"你想来参加吗？"她写道。

距离募捐会只剩下几周的时间，而奥利过世也才五个月。一方面，我想去；但另一方面，我又感到异常恐惧，害怕自己没有那么强大的意志。我把这件事告诉了彼得和孩子们，没人想去。悲伤还让人感到那么刺痛，我理解他们。

不管怎样，我最终决定去参加募捐。当我驶入停车场，看到那栋熟悉的建筑时，我的手心突然开始冒汗，心跳也开始加速。走进大厅，我开始颤抖，所有的情绪一触即发。在接待处登记时，我深吸了几口气。

见到克里斯汀时，我们眼含泪水拥抱了彼此。

"怎么样，亲爱的？"她说，"没问题吧？"

我点点头，猛地咽下了可怕的窒息感。

埃里克和凯西正在介绍一个家庭，音乐开始播放。一排排志愿者坐在后面接听电话，当广播中响起一个孩子的故事，一个所有人都曾耳闻目睹的故事时，他们纷纷抹着眼泪。

我原本应该在这个家庭之后分享我的故事，但离开家来到这个已经没有奥利的家中，悲伤是如此强大，毫无预兆地攫住了我，我必须尽快离开这里。

我成功地躲进了车里。

里面是安全的，悲伤爆发了，我为自己无法控制住这样的情绪而懊恼不已。

当被投入一个无法预测的悲伤世界时，人类的本性就是一片雷区。不管我在这片区域多么小心地踮着脚走动，或者以为自己有 X 射线透视仪，能看到即将面临的困难，都没用，我办不到。我完全被人的本性控制着。前一刻我可能会穿过一片漂亮的雏菊地，阳光暖暖地洒在脸上。当那些好心的撒玛利亚人在圣诞季欢快地摇响铃铛时，我会愉快地祝他们节日快乐；但突然，周围就变得一片沉重、黑暗，我的每一个毛孔都能感觉到疼痛，甚至连眼睛也有刺痛感。而那些雏菊呢？它们怎么了？太阳哪去了？太阳已经被炸成了碎片。当黑暗将我吞没时，随之而来的便是我他妈不在乎的态度，又踢又叫，而孩子们将吃

不到他们最喜欢的甜饼，因为我不敢去商店，我害怕自己会对那些好心的撒玛利亚人说"去你的圣诞节"，并用他们那愚蠢而恼人的铃铛狠狠地敲他们的脑袋。

这就是悲伤的真相。

但我已经迈出了第一步，至少我走进了医院。

第二年，我回去分享了我的故事，从那以后，我每年都会回去。

奇怪的是，我竟然非常想念儿童纪念医院。或许你会认为家长应该很高兴能离开这样的地方，但我们和这家很棒的医院已经建立了紧密的联系，这里就像家一样。我们和住在这里的孩子有着同样的感受。

我想念斯图。

我甚至想念为了奥利的治疗周末在这里过夜的日子，在椅子上睡醒后订早餐，然后抱怨早餐不好吃。

我想念护士们，还有她们欢快地和奥利开玩笑的样子。

我想念在前台工作的女孩们的笑容和招呼，她们总是向我咨询健身的建议，还会问："亲爱的，你的头发在哪里做的？"

我想念小咖啡店里的伙计，他不知道我的名字，但知道我总是很喜欢自己的那杯咖啡。

　　我想念礼品店里那位好心的太太，她的发型很有趣，总是确保店里有魔术本，因为她知道奥利有多喜欢它们，而且知道他要的不是一件，也不是两件，而是三件。一直都是三件。

　　我想念肿瘤门诊处有秩序的忙乱。我想念看孩子们骑在他们的静脉注射架上，在游戏室里玩糖果乐园。我想念那儿的全体员工，因为曾经很多次我都很苛刻地对待他们，所以，我希望能紧紧地拥抱他们，曾经苛刻过多少次，现在就拥抱多少次，这就意味着我们一天可能得拥抱无数次。

　　我想念餐厅的员工，他们总爱取笑我的口音，但很宠爱那个每天都点一块他最喜欢的巧克力软糖蛋糕的可爱英国小男孩。当我告诉他们他已经走了时，他们的眼中噙满了泪水。

　　我想念停车场里那个每天微笑着递给我们票据的家伙，有时他会讲关于白袜队或小熊队的笑话。

　　我甚至想念对代客泊车者的抱怨，而事实上，他们从来都听不懂我说的哪怕一个字。

　　我想念莫琳，我们的家庭护士，想念她超强的幽默感。只有她能让我为呕吐物和排泄物的颜色发笑，让我看到记忆受损有趣的一面："是啊，我可以每天晚上都给他读同样的故事，他还觉得是新的。"

　　我想念一切。

我想念奥利。

我想念那些和奥利一样的孩子，他们还在不停地战斗。一天中的某些时候，我的思绪会飘到他们那里，想象他们正在做什么。八点时，早餐车会为家长们送来咖啡；三点整，他们在玩医院的宾戈游戏。当那个长着一头钢丝般头发的小个子男人过来抽血时，正在与感染作斗争的孩子们会吓得瑟瑟发抖；他们那些通过手术置入的中心静脉导管已经开始使用，还有一根管子要用来抽血，但他的动作很快，因此疼痛非常短暂。

这股为生命战斗的洪流一直在平稳地继续着。我会一直想着这些勇敢的孩子，我永远都记得他们。这是我前进道路上的一部分，不管它会将我引向何方。我不会永远迷失在悲伤中。

在创伤的某个地方隐藏着意义。与儿童纪念医院，以及那里的员工和病人家庭保持联系就是其中很大的一部分。我不知道未来等着我的是什么，但我确信自己已经踏上了轨道，在朝着正确的方向前进。

我继续写着，继续和人们联系着。在这个过程中，我思考了自己的生活，自己的未来。人们和我分享他们受到的鼓舞，让我走出黑暗，看到了一些全新的东西，尽管还不知那是什么。这些奇妙的时刻总是出乎意料地出现，有时是在杂货店排队时，有时是当我作为老师站在授课的讲台上时。

我想起了凯西，她在我们当地的杂货店做收银工作。她从奥利出生就认识他，一直对他很好。她一边扫描着商品，一边抬起头来看着我，说："我很高兴你今天来了，黛比。我想让你知道，最近我经常想到奥利。他给了我很大的力量。那个小男孩是我见过的最勇敢的人。"她的眼中满含着泪水。

我向她表示了感谢，我们互相拥抱。

后来，我知道凯西被诊断为乳癌。现在，凯西已经战胜了癌症，经常和人们分享一个叫奥利的小男孩曾给过她怎样的勇气。

还有一次，是奥利去世一周年纪念日，我被安排了课程，但悲伤深扎在心中，我差点没讲成课。在儿子勇敢精神的鼓舞下，我还是去了。在课程的休息时间，我和学员们分享了自己的想法，感谢他们在这个对我来说非常艰难的日子里给我鼓励，让我振奋精神。我放了《和平与爱》这首歌，强忍着泪水，我的许多学员也已热泪盈眶。

下课后，有些学员上来与我拥抱。其中一人紧紧握住我的手，说："我只是想碰碰你，因为你每天都在感动着我。谢谢你，愿上帝保佑你。"

我深受感动，对这一切我只有深深的感激，意识到这样美丽的事情正在发生，而且正在点亮我的世界。这些珍贵的启示仍在继续，直到今天还依然鼓舞着我。

彼得和我仍旧生活在一起，但已经不像一对夫妻，我们都平静地接受了这个事实。就好像我们都知道已经走到了最后，但还不想说出来。

没过多久，他就带着抗抑郁药回去工作了。而我仍待在家里，指尖不停地敲击着键盘。

杰西和乔治又回到了校园生活和日常活动中，只时不时地抽出一些时间来分享对奥利的思念。在这些时候，我们会看电影、玩他们喜欢的游戏、画画，或者什么都不做，只是聊天，有时甚至什么都不说。有些时候，孩子们想单独留在房中，我也会给他们这个自由。

奥利过世后没几天，乔治就画了一幅画。画中的他站在高高的青山上，奥利则在涂成蓝色的空中，他的脸上挂着大大的微笑，背后是天使的翅膀，下方有一道明亮的彩虹。画上写着"永远的兄弟"。

乔治，我的第一个独特的男孩，他和奥利特别亲近。一天，当悲伤还近在眼前时，他被压垮了。我在那一天的日记中写下了这段内容：

乔治很愤怒。他憎恨学校。我知道他恨的并不是学校，而是奥利走了，他只能把愤怒发泄在奥利最热爱的学校上。

前两天夜里，他睡在我的床上，醒来时总是泪流满面。上个星期，他问我是否可以留在家里过我们的奥利日，通常这种时候我们会看家庭电影、吃奥利最喜欢的食物、看照片，并分享我们关于他的记忆。我打电话给学校，说他不舒服，这是真话，因为他的心碎了。

作为成年人，我们可以放下工作，正式宣称需要服丧，然后请假。但对于孩子，我们总是想当然地认为学校是最适合他们的地方，而没有想到他们也需要时间来宣泄悲伤。在家里舒适、安全的环境中，我们可以哭泣、尖叫，甚至哀号，而不用担心被别人看见。我们可以分享自己的恐惧和失落，蜷缩着躺在地板上，紧紧抓住我们深爱的人的照片。

在学校里，乔治的大脑会被其他事情占据，这并不是一件坏事，但我很清楚，他也需要大声尖叫，而这是无法在学校自由进行的。

我们谈到无法拥抱奥利，无法听到奥利的声音是多么让人难过。我们是多么想念他，而看到他的火车模型套装

和玩具堆在地下室里，还有他的书包，装满他最喜欢的贴纸的金色小盒子一起积着灰尘，又是多么让人心酸。

我们走进地下室，流着泪拿出了他的一套火车模型。组装到一半，我紧紧地抱住十岁的乔治，轻轻摇晃着他，就像他小时候我对他做的那样。他哭号着，啜泣着，不断呜咽着同一个词："奥利，奥利，奥利，奥利——"

"嘘——宝贝。我知道，宝贝。我知道。"我抚摸着他的头发，我可爱的孩子，他的悲伤、他的痛苦，还有他对弟弟的呼唤，都让我感到刺痛。

我抱着他，直到他的啜泣声渐渐平息。我递给他一张纸巾，告诉他我想给他看一样东西，然后便带他去了我的健身室。"你知道吗？"我说，"亲爱的，每当我感到非常愤怒时，我就会来这里，这就是我发泄的方式。"我戴上手套，跨站在 35 千克的沙袋前，开始狠狠地出拳。"当我们感到非常愤怒，但又不能表达出来时，那种感觉太可怕了。我必须表达，我必须将它发泄出来，你知道吗？之后我就会感觉好了几百倍。想试试吗？"我摘下手套递给他。

他笑了。"好的。"他吸了吸鼻子说。

起初他只是试探性地打了几下，很轻，但这并没持续多久。很快他的拳头就变得又急又狠，呼吸也开始加快。汗水渗了出来，他一拳接一拳地打着。

"哇！"我喊道，"你真的很懂打拳啊，小家伙。加油，乔治！"

　　然后，他突然停了下来，开始大笑。"我感觉好傻。"他咯咯笑着说。

　　"谁在乎呢？"我和他一起笑着，空手在沙袋上打了几下。"感觉很好，是不是？"

　　"是的，但我还是觉得很傻。"他气喘吁吁地摘下手套，咯咯笑着说，"你还记得当时我们一起坐在桌边喝茶，你在奥利的盘子里放了几片香蕉吗？"

　　我微笑着点头，知道对话将会怎样发展。

　　他笑着继续说："他不想吃，但又想让你觉得他已经吃掉了，记得吗？"

　　"嗯，我记得。"

　　乔治真的开始大笑。"他太有趣了。他把所有香蕉片都收起来，藏在盘子下面，藏了一整圈，这样你就看不到了。"

　　"嗯，那确实很聪明。"我说，和他一起对着回忆笑了。我把盘子收走时看到了垫布上完整的一圈香蕉片，被他的行为逗笑了。我并不是一定要让他吃掉这些香蕉片，所以就假装没有发现。

　　"我肯定你不知道维生素的事。"乔治笑着说。

　　"什么维生素的事？"我完全不知道他到底在说什么。

　　虽然奥利每天都要吃各种药，而且这样做看起来很奇怪，但我还是坚持认为让他吃点多种维生素片很重要。尽管它们被做成了泰迪熊的形状，而且是草莓味的，他还是一副不情愿的苦瓜脸。不过他还是吃了，至少我以为他吃了。

乔治还在咯咯笑着，拉着我的手回到了楼上奥利的卫生间。"看，这就是奥利干的。我没有动过。"

起初，我还没看出他想让我看什么。然后，我再靠近了一些，看到了。小巧的粉红色泰迪熊维生素片整齐地塞在门上的铰链里——维生素片的形状与选中的藏匿地的形状几乎完全贴合。那些粉红的泰迪熊维生素片仿佛正在向我挥手。

"哈，真是小顽猴。"我惊叹道，"好吧，这件事上他可瞒住我了，是吧。"我笑了，我发誓奥利很可能也在笑。我们决定让他的泰迪熊维生素片留在那里。后来，我每次在那个卫生间里上厕所时，都会看着门微笑。

乔治需要那样的一天。如果他还需要一天，我也会允许的。我们又聊了很多，对奥利的勇气赞叹不已。虽然我们再也无法看到他，无法听到他的声音，但他还是会永远和我们在一起。

"乔治，他是你的一部分，永远都是。你曾经在我的肚子里生活，奥利也曾在那儿待过。你们流着同样的血，有着同样的眼睛，同样的皮肤。现在他就在你的心里。你知道有时候自己能感觉到他，对不对？"

他点了点头："有时，我会感觉他就在车上。"

"嗯，我一点都不感到惊讶。他喜欢和你一起坐车，乔治。我知道你的意思，就像有时候我打算关掉电视时，他的声音就会在我的脑袋里大喊：'嘿，我正在看呢！'"

我们又调侃了更多感到奥利还在身边的错觉，然后，乔治说："我还是希望奥利没有离开，妈妈。"

"我知道，亲爱的。我也不想他离开。"我停了一下，"但他不得不离开，而且他很勇敢。虽然他非常爱我们所有人，但他知道他必须离开这个世界，他没有害怕。他知道这是有原因的，他知道它非常非常非常重要。奥利一直都知道，现在，他比以往任何时候都更想让我们知道，他在天堂里很开心。他现在和生病前一样，和那个没有肿瘤的夏天一样。他是来告诉你的，让你知道这点。"

乔治继续听着，我希望这对他能有点意义。对于这样的失去，一个十岁的孩子能理解多少呢？

"我是说，当你感觉到他时，"我说，"这种感觉很好，对不对？是一种愉快的感觉？"

他点点头。

"嗯，那是因为他很开心。他总是很开心，就算生病时也是，他想让你记住这点，小家伙。奥利爱我们所有人，还有许多其他的人，我想，奥利现在正在帮助一个和他一样的孩子呢。他会来找我们，但我知道他也会去找其他人。他知道他应该做些什么，他想做什么：帮助另一个孩子战胜恐惧，帮助他们变得和他一样勇敢。"

乔治笑着点了点头，我感觉到他能理解我想告诉他的事。

悲伤和爱。两者都是强烈的情感，但只有一种能治愈伤痛。

在奥利去世后不久，十二岁的杰西有一份作业要求写她最喜欢的记忆。以下是她的文章：

纪念我的弟弟

癌症。这个词让我们家害怕了两年。我的弟弟是一个很有创意的人。他喜欢艺术，喜欢红色，他最喜欢的电视是《火车头托马斯》，但他最喜欢做的事情是和家人待在一起。不幸的是，奥利再也不能做这些事了。这是一件令人悲伤的事，我的弟弟在 2004 年 3 月 26 日去世了，因为一种叫癌症的病。

这一切都是从奥利·蒂布尔斯五岁时开始的，那时他病了，经常头痛。我们去看了家庭医生，想知道有没有问题。医生说没问题，但奥利的病和头痛却越来越严重。不久后我们带奥利去看儿科医生。我们给奥利做了核磁共振成像，坏消息来了。奥利得了脑瘤，而且它们还扩散到了脊椎。他必须马上进行脑部手术。手术结束后他无法正常行动，在医院待了好几个星期，也可能是好几个月。我们去看过他几次。我还能记得医院里干净的气味。

奥利做完手术后，医院的医生告诉我们奥利得了癌症。奥利必须接受放射治疗和化学治疗，来努力杀死他身体里面所有的癌细胞。他每个星期都要做放疗和化疗，这样一共持续了六十八周。这段日子妈妈很辛苦，因为她要每天开车带奥利往返于家和医院（医院是儿童纪念医院和西北医院，都在芝加哥市区）。因为爸爸在另一个州工作，每隔一个星期的周五晚上才会回来，星期天又得离开，所以，一直都是妈妈接送奥利。

因为这些治疗和副作用之类的影响，我弟弟病得很厉害，所以他不能像一个正常的五岁男孩那样生活。但他仍然是一个幽默、可爱的小男孩，所有人不管什么时候遇见他都会马上爱上他。我记得妈妈告诉过我，每次奥利到医院，护士们都会抢着来照顾奥利。他很有趣，跟他在一起总是让人很开心。就算他生病了，疼得很厉害，也还是会让人感到精神振奋。

在战斗了整整两年后——每天二十四小时，每周七天——奥利终于在七岁的时候死去了。那是 2004 年 3 月 26 日，下午 6 点 57 分。我的弟弟死在爸爸妈妈的怀抱中，周围环绕着他最喜欢的毛绒动物玩具，还有蒂基，伴着他最喜爱的音乐声。

最后这段记忆并不是我最喜欢的记忆，因为它很悲伤，让人不开心。但我弟弟是个很好的小男孩，他才是我想要说的记忆。我最喜欢的记忆是关于我弟弟的。

我看到了孩子们的变化。他们的争吵少了，开始更加关心彼此，不知怎的，似乎长大了许多。

而与此同时，彼得和我各自挣扎着，试图保持冷静，接受这样的关系，希望能为孩子们保留一个完整的家，但最后发现我们做不到。

令人悲伤的是，当一个家庭失去一个孩子时，家长通常也会离婚，因为伤痛太过沉重。用这个理由来解释我们之间发生的事情会让我好过些，在某种意义上，这也确实是真的。但面对真正的事实要困难得多，也需要更多的勇气。

孩子所表现出的勇敢唤醒了我自己的真实情感和勇气。在我挣扎着寻找自己的归属和我想要的生活时，我想起了在某个安静依偎的时刻，我和奥利的一次对话。

他躺在沙发上，脑袋枕着我的膝盖，说："没事的，妈妈。不管你是什么颜色的都没关系。"他在我的手上抚着蒂基："你不用害怕，妈妈，你就像一道彩虹，所有人都热爱彩虹。"

我没有马上回答。我意识到他那成熟而又充满智慧的灵魂，认真考虑着他的话，很快就理解了它们的意思，被他的爱深深打动，开始对他生出敬畏。"我爱你，宝贝。"而我真正想说的是："谢谢你，宝贝。"

我怎么能忽视这样天真的预言呢？我怎么能忽视我自己呢？这样做就是对奥利，也是对我自己的侮辱。

我没有再回去教课，而是选择写我的日记。我继续分享着，最终，它们到了黛布·波塞尔的手上，愿望成真基金会的大型活动协调人。她又回过来问我是否允许她和别人分享。和往常一样，我同意了。

我写了近一年的时间，于 2005 年 3 月完成。然后，我结束了写作，有一种各个方面都得到了净化的全新感觉，内心的伤痛也消减了许多。那种感觉很好。

人们问我是否会把写完的作品出版。他们鼓励我这样做，但不知为何，我总觉得它不应该拿来出版。至少，还不是时候。出于某

种原因，我感觉那时并不合适，因此并没有放在心上。

几周后，我接到了黛布·波塞尔的电话。"我刚看完你的书，写得好极了，黛比。"她说，"我想再多谈谈这本书，可能的话，我还想和你一起喝咖啡。"

我谢了她，表示很期待和她见面，分享奥利的故事。

我们见面谈了两个多小时，分享了奥利的愿望，以及它对基金会和其赞助人的影响。她说，在了解了整个故事后，它对她的意义更加重大了，我的儿子是那样勇敢，他的力量和鼓励又给了无数人多么巨大的希望。她含着泪说，我们所经历的旅程对她产生了极其深刻的影响。

我感到有些惭愧，很感激她的善意。在她分享内心的这些想法，认为奥利的故事正在产生特别的影响时，我再次意识到自己是在正确的轨道上前进。

我不知道它会将我引向何方。内心深处的那个声音没有告诉我答案，但这并不重要。无论如何，我都会留在这条轨道上，听任它将我带到任何我该去的地方。

几个星期后，黛布又给我打电话，讲了愿望成真基金会每年都会举办的一场活动，一年中最盛大的一场活动：愿望成真舞会，芝加哥慈善界的一场盛会。"基金会想邀请你做特邀发言人，黛比。"

"什么？"我惊呆了，很快又补充道，"谢谢你。天啊，哇！我不知道该说些什么了。"

"嗯，我希望你会说好的。"

然后我开始恐慌。"但我这辈子都没有演讲过，黛布。你在开玩笑吗？我是说，真的？我吗？"一想到这个我就感到害怕。我该讲点什么呢？

"哦，黛比，我知道你会做得很好的。你的文字很好，而且奥利的故事非常感人。我只知道你的出现真的会对基金会很有帮助。拜托了，至少考虑一下吧。"她满怀着希望说。

既震惊又喜悦，我答应她会考虑一下，然后我们挂断了电话。

受到邀请当然是一种荣誉。这是我和恐惧作战时的救命稻草，我害怕自己不够好，害怕会因为压力太大而破音，还害怕在所有人面前失败。但不管怎样，最终我还是决定接受。

当我打电话给黛布，告诉她这个消息时，我能感觉到她在为我的决定微笑。她向我说明了舞会的安排，说宾客们会希望听到我的发言；告诉我把握好时间对其他发言者很重要，到时还会有基金会的代表、志愿者和许愿的孩子；我得把需要用到的照片和录像片段发过去，舞会正式开始前会有彩排。

光是谈论计划就让我的神经紧张不已，我想退出了。

黛布注意到了我的焦虑，不停地安慰我。

后来发生的一件事让我终于决定接受这项荣誉。

电话响了。

"黛比，"黛布说，她的声音有点古怪，"我要告诉你的这件事你肯定不会相信。"一阵停顿。

"什么？"我问，"什么？黛布，是什么事？"我后脖颈上的头发突然竖了起来。

"呃，实际上有几件事。我刚刚知道了舞会的地点。"又是一阵长长的沉默。

"嗯，然后呢？"我追问道，快忍不住了。

"是在联合车站，奥利实现愿望的地方。"她兴奋地说。

"哦，天啊！"我惊声尖叫起来，简直不敢相信这个消息。"不会吧！"我感到腹部猛地一阵抽搐。然后，我微笑着说奥利的事一定对此产生了影响，我们都笑了。

她又继续说："是的，嗯，还有呢，黛比，设计师给我送来了我们要用的请柬样板，到时我会给你寄一份过去。"这时，她的声音已经开始颤抖了。"我看到它的时候简直不敢相信自己的眼睛，黛比。毕竟，他们也不知道是你为我们演讲。我现在正在看请柬呢，正中间用大大的黑体字写着'**全体上车**'，正下方是'参加愿望成真舞会'。"

她的话回荡在半空中，我感到自己的皮肤阵阵刺痛，仿佛有股洪流流过我的全身。"哦天啊！"我一直重复着这句。

"我知道，我知道。"

我把自己要去演讲的消息告诉了家人和朋友，所有人都表示了支持和祝贺。这个机会正好也能鼓舞彼得和孩子们——他们非常需要鼓舞。我们都激动坏了。彼得暂时抛下对钱的担忧，大方地为晚会买了新衣服，还预订了一辆豪华轿车送我们和朋友们前去参加舞会。

我的旅程最终将我带到了联合车站的指挥台上，这个时刻有着深远的意义，标志着我的真正职业和未来命运的开始。

第十六章　愿望成真舞会

奥利刚开始治疗的时候，我们曾被邀请去参加邻居的一场婚礼，我兴奋地告诉孩子们这对新婚夫妻计划去巴哈马群岛度蜜月。

奥利看着我，问："什么是蜜月? 这个词很有趣，它是什么意思，妈妈?"

我试图向他解释这个词语——爱，幸福，嬉闹，忘记烦恼，基本上就是度过最美好的一段时光。"当然，还可以摆脱你。"我补充道，给了他一个拥抱。

他咯咯地笑了："哦——我懂了。"

说实话，我真的不确定他懂了没有。

现在，距离舞会——我将在台上和人们分享奥利的生活——还剩几个星期，我做了个梦。有时候当你在做梦的时候你会知道那是个梦吗? 梦很美，而你知道自己就快要醒了，便努力想把自己拉回梦中? 或正好相反，那是一个噩梦，你只想尽快摆脱它，甚至你在梦里也这样说着，想努力让自己脱离梦境？

但这个梦不同，它非常真实。我完全没有产生想留在梦中或从梦中出来的念头。我只是在那儿。

我站在一片虚无中，所有人都陪在身边——家人、朋友，还有许许多多我不认识的面孔，我们都抬头望着一个舞台。不知为何，那种感觉就好像我们是在参加学校的一场演出，我能看到奥利学校的校长和助理们正在人群中欢快地向我挥手。我也朝他们挥了挥手，然后又充满期待地望着舞台。我在等某些事情，但并不知道具体是在等什么。我既紧张又兴奋，环顾四周想找彼得，但没有看到他，不过我并不担心。不知为何，我知道他就在人群中。杰西和乔治在我身边抬头看着舞台，两人都微笑着，快乐地聊着天。虽然我听不到一句确切的话，但萦绕在耳边的总体都是愉快而温暖的声音。

突然，无形的舞台上站满了孩子，比几秒钟前多得多的孩子，台下的观众四散开来，纷纷伸出手臂。当我紧盯着那些似乎是从四岁到八岁不同年龄的孩子时，他们开始纷纷跳下舞台，咯咯笑着，极其优雅地落入下方的臂弯中。刚刚被我认定是家长的大人们轻松地接住了他们。

突然，我的心中充满了恐惧。我对着人群大声呼喊着："奥利不能这样做！"但没有人听见。我用嘴型说着："得有人去接他。他不能走路。他病了。他的童车在哪里？"我被吓坏了，声音很轻。

突然，周围只剩下了我一人，我抬头看去，奥利正微笑着，顽猴

般咧着嘴向我挥手。

虽然只剩下我一个人，但我很冷静。奥利的样子和他的身体被疾病摧毁之前一样。他没有秃头，也不是一副瘦骨嶙峋的模样，没有烫伤的痕迹，也没有浮肿。他的样子非常完美。

他缓慢而优雅地跳下了舞台。就像一只矫健的雄鹰，他悄无声息地俯冲下来，我立刻感觉到一道温暖、舒适的光芒伴随着优美、难以名状的音乐声出现在眼前。

他非常轻松地落入了我张开的怀抱，我们沐浴在浓烈的爱中。那一刻，时间仿佛停止了，我感到自己的皮肤微微刺痛。我无法描述那种幸福感，只知道它对我来说异常真实。

奥利用双手捧起我的脸，说了些什么，起初我不明白他在说什么。他并没有说"我爱你"。那种感觉就好像是没有必要说这些话，因为我已经收到了这个信息，我已经完全被爱包围了。当我开始苏醒时，他仍温柔而可爱地重复着那些话。那是他说的唯一一句话："妈妈，我现在把蜜月还给你。"

舞会越来越近了，我和杰西为穿什么而忙得焦头烂额。我们去买礼服，在试衣服、帽子、鞋子和漂亮的围巾中度过了一段快乐的时光。

和她在一起有趣极了，我们逛着永远逛不完的商店，和所有女人一样抱怨脚疼。看到我们的笑脸，听到我们的笑声，没有人会知道我们刚刚经历过什么，我对此充满感激。这样很好。

终于，那个激动人心的晚上到了。我们在豪华轿车里啜饮着香槟，为这个特别的晚上干杯。我颤抖着又补了点唇膏。

我们到了芝加哥联合车站的大厅，到处都是前来参加晚会的人，发出一片嗡嗡的交谈声，我们被领到了桌边，就在巨大的舞台前方。精美的帘幕从天花板上垂挂下来，异常壮观，两块巨大的屏幕上显示着熟悉的愿望成真基金会标志。微笑的孩子和他们的家人，过去和现在的梦想，各种照片都在对着我们微笑。

大厅里挤满了来自各个行业的宾客：曾许过愿望，现在已长大成人的孩子、愿望授予人、志愿者、许愿孩子的家人、慈善家、银行家、名人、政府部长、商人、医生、护士，还有那些在朋友的邀请下第一次来参加舞会的人。

我的心怦怦狂跳着，神经已经到了极度紧张的时刻。我盯着通向舞台的台阶，突然很希望自己没有穿这双几天前精心挑选的高跟鞋。

我看了看手表，离我的演讲还有两个小时。等待完全就是一种折磨。

我几乎什么都没吃，只喝了两杯葡萄酒。我还想再喝一杯，但很快又改变了主意。我可不想在那些该死的台阶上摔倒。我开始出汗了，不得不一直往脸上拍粉，以遮掩恼人的汗光。

在我之前发言的是基金会的高层们，他们解释了基金会的任务，并分享了一些故事。一共有九百多人在场，我越来越担心房间里太吵，谈话的嗡嗡声似乎也越来越大。就算用了麦克风，发言人的话也经常听不到。更糟的是，有时人们似乎并不在意台上的人。

当知道电视台的人在现场摄制这次活动时，我的神经就更紧张了。

"见鬼，那就是我需要的，"我的脑袋开始尖叫，"让整个芝加哥的人都看到我脸上光芒四射的样子——一个被汗水浸得发光的摇摇晃晃的黛比。"

当终于快轮到我时，我只想突然生病躲进厕所里去。

我等着介绍我上台的引言，一直担心着没人想听我的发言。

但接下来发生的一切却像梦一样。

我低头透过模糊的视线看着演讲稿。我在脑中希望奥利能在这里："我需要你，宝贝。我的儿子，让我感到自豪吧。"

我听到了自己的名字，随后是一阵我几乎没注意到的掌声。在我向舞台走去时，我们事先选好的音乐响了起来，伴着儿子的录像片段，里面还有他的照片。他那张漂亮的小脸出现在快照中，好像是一百年前的事了。那天，他实现了自己当一名火车司机的愿望，登上了他最喜欢的火车——让他想起伦敦双层公交车的芝加哥通勤客运列车。

记忆汹涌如潮，想念他的痛苦来得那么突然，我只能拼命忍住泪水。我颤抖着站在原地，努力想要呼吸，音乐和视频好像永远不会结束，我等着它们停止，好开始演讲。

它们停了。观众的谈话声开始嗡嗡作响。我站在麦克风前，看着成群的面孔，有那么多的人，我根本无法一一辨认。他们似乎都消失在了大厅的远方。

多年来我一直在麦克风前上课。我会给出提示，开玩笑，和学员分享我的家庭、我的想法和生活。但那一刻，我好像是第一次站在麦克风前，害怕自己的声音。

有人在拍照，我被闪光灯吓得差点跳起来。

今天，我已经不记得自己当时到底讲了什么。我记得一开始我是对着演讲稿读的，注意到人们仍在相互交谈。我还记得自己的内心发生了一些我无法解释的改变。是的，那会儿我依然很紧张。但不知怎么的，我好像被传送到了另一个境界。讲出来的话，还有像温暖的毯子一样将我包围起来的想法和感觉，都不是我最初准备好的。我不再低头看稿子，而是望着陌生的人海，开始发自内心的演讲，深入他们心中。

当我和人们分享奥利的故事，他的愿望，他的遗志，坦诚地讲出这些时，大厅里静得能听见针落地的声音。我已经超过了预定的时间，但没有人注意，也没有人在乎。

人们微笑着伸手去拿纸巾拭泪。男人们偶尔咳嗽或叹息一声，努力使自己保持镇定。

在我即将结束时，我知道自己已经打动了他们。

我擦去自己的眼泪，感谢他们的慷慨和聆听。我感觉到了奥利的存在，知道自己做得很好。

人们起身鼓掌，打破了沉默。

我望着家人的方向，邀请他们上台。

当欢呼声渐渐停歇时，芝加哥通勤铁路公司的董事长杰弗里·莱德上台来致闭幕辞。当我和家人站在那里，因奥利带来的喜悦而紧密团结在一起时，莱德先生向我和赞助人表示了诚挚的感谢。

他转向我，说："黛比，最后，我们还有一个惊喜留给你和你的家人。能让奥利实现他当一名火车司机的愿望是我们的荣幸。但我最近才发现，原来奥利真正的愿望是成为一列火车。"他停了一下，接着说："我们都知道，愿望成真基金会总是确保每个孩子都能实现他们真正的愿望。在北伯林顿铁路公司的帮助下，我很高兴地告诉你们，我们，当然也包括我个人，很荣幸能够成为那个愿望的一部分。今天，当我在这里讲话时，我们正在三号轨道上安放最新的火车头，401 火车头。现在，你回头看看大屏幕，你会看到芝加哥通勤铁路公司骄傲地宣布了这辆火车头将以你儿子的名字来命名——奥利·蒂布尔斯。他现在真的成为火车了，我知道他一直坚信自己将成为火车。"

观众席中先是传来一阵猛烈的抽气声，随后便是热烈的掌声。我们站在那里，完全不敢相信这个事实，只是一边不停地重复着"哦，天啊"，一边和他们一起鼓掌。我们已经激动得完全讲不出其他话来。当我们互相拥抱时，董事长的话还在继续，他说这是铁路史上第一列以一个孩子的名字命名的火车。

后来，我了解到以人名命名的火车根本就很罕见，大部分火车头都是以城市名和乡镇名命名的。

莱德先生解释说，401火车头大约将运行五十年，每天载客往返于奥罗拉到芝加哥的线路，正是奥利实现愿望的那条路线。

那场晚会后，黛布·波塞尔告诉我，在读了我的故事后，她在去上班的路上经历了一个深具意义的时刻。当时她正被堵在芝加哥城外，她朝铁路的方向望去，看到了她每天前往基金会时都会看到的景象：芝加哥通勤客运列车。但只有这一次，她产生了一种被她称为类似幻象的感觉。当她看着火车，看着火车头时，她看到侧面写着奥利的名字。她后来对我回忆说，那一刻她有种窒息的感觉，她的皮肤也开始微微刺痛，我太熟悉这种经历了。想起奥利认为自己长大后会成为一列火车的天真预言，她强烈地感到这是她自己的预兆，预示着她必须为此做点什么。她代表愿望成真基金会向芝加哥通勤铁路公司传达了这个意愿，经过多次秘密会议协商后才终于有了现在这个结果。

这趟旅程中发生的所有大事和巧合就像电影中的故事一样，是那种你和家人在圣诞节时会看的生活频道电影，那种在读书俱乐部里被

人热烈讨论的故事，有人相信，也有人不信。

在那次奇迹般的揭幕仪式后，许多人看到了奥利的火车。他在真正的铁路上传播着爱、希望和力量，人们也深受鼓舞。

如果你碰巧看见他正飞奔在轨道上，那么，我想请你向他挥手，你会感觉到他好像也正在向你招手。

"我会成为一列火车。"

奥利笑了。

后 记

2005 年的愿望成真舞会过后，我们的生活仍在继续。同年的后来，我又回去教课了，利用那个平台分享儿子的遗志：我们心中蕴藏的力量，光明，有了爱我们真的可以克服生活中的任何障碍，创造我们想要的生活。

我总是说，重要的并不是彩虹尽头的宝藏，而是彩虹本身——走你自己的道路，相信它，相信你自己——当你这样做时，你就会在生活中发现真正的乐趣。

今天，奥利的火车影响了所有曾乘坐它或看到它经过的人。我每天收到的大量邮件就是证明，他们的生活都因为 401 火车头和那个知道自己将成为火车的小男孩而发生了改变。他的火车将运行五十年，这个消息让我欣喜若狂。他的遗志将继续下去。流传给我的孩子，我孩子的孩子，想到这些我便充满了感激。他的爱正以他认定的方式传播着，这让我感到很欣慰。

彼得和我终于还是分开了，现在他已经幸福地再婚了。他仍然经常出现在孩子们的生活中，孩子们虽然经历了艰难的挑战，但如今也已茁壮成长。他们的弟弟一直活在他们心中，不久前，已经十八岁的乔治就奥利及其影响分享了他的想法。

　　这世上没有什么事比失去你爱的人更糟糕。我不知道是我们都对生命随时可能结束这个事实太过无知，还是我们只想逃避这个话题，直到不得不面对它。然而，想到我们推开所爱之人所浪费的那些时间，又是多么令人厌恶。

　　我失去了我的弟弟奥利，每天早上当我睁开朦胧的双眼，又在每个令人厌恶的晚上合上双眼时，我都无比想念他。走过这些熟悉的街道，想到他再也没有机会做这些寻常的事，我就更加难过。兄弟间的联系是独一无二的。那是一条极其特殊的纽带，我永远感激自己曾和这世界上最奇妙的一个人有过这样七年的联系。

　　虽然没有多年的生活经历或常识，奥利却是个智者，知道生活是为了什么。他总是由衷地感到快乐，哪怕已经知道自己的生命将早早结束。而且，他还试图让其他人也开心。虽然所有人都想帮他，但他其实并不需要。奥利知道会发生什么，他决定不让自己被击垮。他选择了快乐，这让我异常惊讶。他是那么坚强，我很难过，因为像他那样的人的生命不应该这么早就结束。我想念他，想念他积极的感染力，我希望自己能从中汲取更多的力量。

今天的人们不懂得珍惜家庭，甚至朋友，因为我们总是忽视了情况可能发生多么巨大的转变。奥利教会了我许多事情，无论在他活着时还是离开后。人们有能力克服前进道路上的任何困难，而且被赋予了享受爱的特权，所以，好好利用这些吧。不要为一些琐碎的小事烦恼，每天都要微笑。奥利做到了，他死去时也是一个快乐的孩子。

他永远都是我的兄弟。那条纽带永远不会断，我希望自己有一天也能像他那样生活，那样去爱。

这是乔治为他所在高中的报纸写的，他想从事新闻行业。我告诉他，他可以在整个生命中做任何他想做的事，但不知为何，我想他已经知道了。

杰西也在她为英语课写的文章中分享了自己的想法。

　　我还记得自己走过初中学校的走廊，假装什么事都没有发生。我的喉咙像被什么堵住了，泪水随时都会喷涌而出，但我很好地掩藏了这些，脸上仍挂着微笑。同学和老师都用同情的目光和淡淡的笑容看着我。他们都知道我弟弟去世了，但他们不知道该如何接近我。我讨厌这样，讨厌同情，不想和任何人讲话，只想一个人待着，但这几乎是不可能的。

　　直到今天，我仍不知道自己当时是怎么熬过来的，因为在伪装的笑脸后隐藏的是一个心碎的女孩，她不知该如何处理自己的情绪。

　　我的大脑无时无刻不在疯狂地运转，但我总是知道该如何隐藏自己的情绪，我想这肯定让我的父母感到很困惑不解，因为看到我的表现他们会以为我不在意，而事实上，我的内心却像死了一般。

　　我弟弟是个很有意思的小男孩。他是那种你一见到就会爱上的可爱男孩。他关心着那么多人，总是先人后己。

奥利和癌症斗争了两年，在这个过程中见过无数的医生和护士。我可以骄傲地说，他们都被他深深地打动了，而且他将永远留在他们心中。

支持着我走过这么多年的一件事是他终于不用再斗争，不用再受苦了，而且，会有许许多多的人记着他，爱着他。

是的，我希望他从来没有发生过这样的事。是的，我希望他还和我们在一起。是的，我希望他能活得更长一点，而不只是短短的七年。

他虽早已不在这个世界，却仍在触动着人们的心灵，帮助他们。这就是每天唤我起床的力量。奥利永远地改变了我的生活，我会一直珍藏着这些记忆，并为我那勇敢、善解人意的弟弟而骄傲，对我来说，他是真正的英雄。他是我的英雄，永远都是。

今年杰西上了大学，学的是心理学。杰西的许多朋友都乐意与她交往，因为她那体贴、善感的本性和她的成熟，而这些，我知道有一部分是来自她所应对过的挑战。当然，她毕竟只有二十一岁，虽然聪慧，但有时还是会做出那个年龄特有的行为，让我大吃一惊，但这更让我欣慰。

为了专心从事公共演讲，我暂时离开了健身行业。这些演讲有时是在现场，有时是通过广播，最近主要是在玛莎·斯图尔特生活电台和我亲爱的朋友约翰·圣·奥古斯汀的电台，他曾是奥普拉电台节目的高级制片人。我们的相遇是一系列巧合的结果。

我还在继续写作，目前正在写第二本书，《有益的悲伤》。不过，我也仍保留着对健身的热情，还在兼职教课，并利用这个平台传播奥利的精神。

五年前，我遇见了我现在的伴侣詹妮弗，并陷入爱河。她点亮了我的整个世界，这是真正的天赐之福。爱，真正的爱，与你的肤色、性别都没有关系。真正的爱就是这样自然而然发生的。我想，在我们质疑爱，对爱和彼此抱有期望时，爱就开始变得艰难。爱只是爱。就那么简单。

2010年，我重新联系上了父亲。自从我们上次见面或讲话后已过了八年，由于一位朋友的好意，我才得以到英国去看他。我并没有告诉他我要过去，而是直接在他七十岁生日时出现在他面前。他脸上的表情弥足珍贵。他告诉我，这是一位父亲所能收到的最好的生日礼物。原谅需要勇气，还要有一颗慈悲的心，我们都做到了。为什么？因为那是爱的力量，这是儿子给我上的一课。现在，我和父亲建立了有史以来彼此最亲密的关系，这也证明了无论什么事，永远都不会太迟。

过去的十年改变了我的生活。我能变成现在的样子全是因为儿子的遗志：鼓舞人们，引导别人更好地生活，让他们明白，当你拥抱爱时，一切皆有可能。无论在生活中面对怎样的阻碍，我们都不必害怕。

奥利过世后，他在学校的一个朋友送给我一首藏头诗，当时她才九岁，诗是这样的：

奥利的（Ollie's）
爱（Love）
活（Lives）
在（In）
所有人心中（Everyone）

爱
莱克西

孩子总是最富洞察力的老师。乔治、杰西和我，还有许许多多的人，都从奥利那里学到了重要的人生课程。奥利是我最重要的老师，是我珍贵的儿子，也是我见过的最勇敢、最善良的人。我将永远感激和他在一起度过的美好的七年。我很荣幸能成为他的母亲，也为能完成他希望做的事而骄傲。这就是我的道路，不管它会将我引向何方，我都将优雅地用爱拥抱它。

奥利的精神

空中有一列火车，

他从不问为何，

他知道自己会成为什么，

他知道我会看着。

空中有一列火车，

他的爱不是我一人的。

他的爱属于所有人，

将你们带回家园。

致　谢

　　我从没想过自己会有机会在这个位置表达感谢，感谢所有那些在整个旅程中为我提供过帮助的人。我有幸能遇到这么多美好的人，他们加入这场旅程，并促成了这本书的诞生。

　　首先要感谢我的孩子们，杰西、乔治和奥利，没有他们我也不会写出这本书。我要感谢奥利，他是这本书的灵感源泉，直到今天他还一直鼓舞着我。我要感谢杰西和乔治，作为孩子，在克服许多成年人都不必面对的挑战时，他们教给我很多道理。我要感谢你们允许我在你们的弟弟更加需要我时不在你们身边，而成为他一个人的母亲，感谢你们所展现出来的爱和勇气，还有你们对我一如既往的支持。我为你们是我的孩子而充满感激，而感到无比的骄傲。我要感谢彼得，我孩子的父亲，他在我心中一直占据重要的位置。感谢我在英国的家人：我很感谢你们，也想念你们。

　　感谢珍，感谢她在我无数次改稿时忍受着泪水、汗水和喜悦，使我重新发现自然的奇妙。

我要感谢芝加哥儿童纪念医院的斯图尔特·戈德曼医生，一位杰出的科学家，一个独一无二的人，我的朋友：感谢你的热情和希望，还有你那愚蠢的笑话，感谢你让奥利重回童年。真诚地感谢伦敦大奥蒙德街医院的海伍德医生和所有员工，感谢他们为奥利所做的努力，在我们最无助的时候给我们以希望。我还要对儿童纪念医院的所有员工致以最深的谢意，包括克里斯汀·利·休斯和艾琳·铂金斯，感谢他们坚定的支持。

还要特别感谢 FM101.9 万象节目的埃里克和凯西，以及他们的制片人，为支持儿童纪念医院不知疲倦地募捐、筹款。感谢伊利诺伊州愿望成真基金会的黛布·波塞尔，感谢芝加哥通勤铁路公司和北柏林顿铁路公司，感谢他们相信一个孩子的梦想，还要感谢金妮·魏斯曼让我看到自己的梦想。我永远对此充满感激。

感谢我的出版商，大奖章出版社（Medallion Press）和他们的董事长亚当·默克，感谢他分享奥利的故事，并相信它会走红。非常感谢我的编辑，艾米莉·斯蒂尔，感谢她保持了这个故事的完整性和英式风格，但最重要的是感谢她在改稿时提出的友善意见，让我深受感动。

还要将最深的谢意送给我亲爱的朋友约翰·圣·奥古斯汀，奥普拉电台的缔造者，我将永远珍惜他的友谊。愿上帝保佑你，约翰，为那些重要的时刻，以及更多将到来的时刻。这是个绝妙的计划！

感谢汤姆·马丁传媒公司的汤姆，感谢他为支持这本书所付出的时间和不懈努力，感谢他的友谊。汤姆，很荣幸能认识你。

大力感谢我的朋友和私人摄影师，马克·桑德斯，他捕捉视角和时机的能力非常出色。感谢摄影师安德鲁·泰勒，感谢他能抓住奥利和那些珍贵的纪念品的本质和奇妙之处，使其延续一生。谢谢你，我的朋友。

我还深深地感谢凯特·玛西和迈克尔·玛西，感谢你们的礼物，我会一直珍藏，也感谢你们的友谊。愿上帝保佑你们。

非常感谢《和维多利亚一起居家》播客节目的迈克尔·凯和维多利亚·盖瑟，感谢你们的友谊和忠诚的支持。

特别感谢这几年我在健身行业遇到的所有人，那个我用来授课的平台也促进了我的成长。感谢我的学员们，他们的爱和支持将一直留在我心中。

特别感谢我的所有朋友——你们都知道我指的是谁——感谢你们在我身边。谢谢你们，我爱你们。还要对我脸书（Face book）上的朋友表示真诚的感谢，许多人只是在网上认识我，但依然无条件地爱我，即使在网络空间也能找到爱的证据——爱没有界限。

最后，我还要感谢自己生活的整个宇宙，感谢它赋予我的所有这些时刻，感谢那些帮助塑造这些时刻的人们，感谢我心中的宁静。

愿上帝保佑你们。